愛と呼ぶには好きすぎる

Subaru Terasaki
寺崎昴

CHARADE BUNKO

Illustration

八千代ハル

CONTENTS

愛と呼ぶには好きすぎる

プロローグ

どこかから、生き物の鳴き声がする。

ちょうど玄関側の一室でひとり遊んでいた椿清正《つばききよまさ》は、雨の降りしきる前庭を見渡して耳を澄ませた。

ふみぃ、ふみぃ、と、か細いながらも懸命な声が真正面から聞こえて、やはり幻聴でもなんでもないのだと傘も差さずに飛び出し、門のほうへと走っていく。

ひとりで勝手に外に出てはいけないと両親やお手伝いの美和子《みわこ》には口酸っぱく言われていたが、緊急事態だから仕方がない。五歳の身体には重すぎる木の門をぐいぐいと体当りのように押し、なんとかこじ開け、清正はひょいっと人通りの少ない道路に出た。

すると、門扉《もんぴ》のすぐ傍《そば》に、蓋《ふた》つきの藤籠《とうかご》が置かれているのを発見した。

――ふみぃ、ふみぃ。

どうやら声はその中から聞こえてきているようだ。門には屋根がついていて、その内側に置かれていた籠には雨は当たっていないものの、このまま放置すればやがて下から水に浸《つ》かってしまう。とりあえず中に持って入ろう、と清正はひょいっと籠を持ち上げようとして、しかしその重さにたたらを踏んだ。てっきり中は子猫か何かだと思っていたのに、それにしては重すぎたのだ。

一体どんな生き物が入っているのだと、そうっと蓋を開け、中を覗き込んだ清正は、あっと息を呑《の》むことになった。

やわらかな布で包まれたその生き物は、なんと人間の赤ん坊だったのだ。

間近に赤ん坊の声など聞いたこともなかった清正は、蓋を開けてみるまでそれが人間のものだとはわからなかった。

「ふぎゃ」

赤ん坊が小さな声で泣いて、何かを探すように空中に手を伸ばす。

「ここにいるぞ」

清正は思わずその手を取って、励ますように声をかけた。

その瞬間、赤ん坊が目を開けて、ふわりと清正に向かって微笑んだ。その愛らしさと言ったら喩《たと》えようがないほどで、清正はこのとき、この赤ん坊は自分が守ってやらなければと直感的に思い、そして決心した。

赤ん坊を抱き上げ、再び門を押し開け、屋敷に戻る。

「美和子、美和子ー！」

この時間キッチンにいるはずの美和子を呼び、雨に当たってしまった赤ん坊の顔を拭《ぬぐ》う。

「はいはい、どうしました、清正坊ちゃん」

　パタパタと廊下を小走りでやって来た美和子は、清正の腕の中の赤ん坊を見るなりぎょっと目を瞠《みは》った。

「どうしたんですか、その赤ん坊」

「泣き声がしたから出てみたら、門の前に捨てられていた」

「勝手に外に出られたんですか」

「キンキュウジタイだったんだ、許せ。それよりもこの子を」

「ええ、ひとまず病院に連れて行かないと。あと警察にも」

「警察？」

「だって、捨てられていたんでしょう？　両親を探すにしろ施設に預けるにしろ、一応届けておかないと」

「嫌だ！」

　赤ん坊を預けようとしていた手を止め、清正は叫んだ。

「この子は僕が育てる！　捨てられていたのならもう拾った僕のものだ！」

「清正坊ちゃん、犬や猫じゃないんですから」

「父さんと母さんにお願いする」

　ぎゅうっと赤ん坊を抱きしめ、美和子を睨《にら》み上げると、美和子はやれやれとため息をつき、清正から赤ん坊を引き離すことを諦《あきら》めて携帯電話を取り出した。そしてハイヤーを呼んでから清正の両親と警察に連絡を入れる。

清正は上がり框《かまち》に腰を下ろし、よしよしと赤ん坊をあやしながら、つぶさにその顔を観察した。

ふわふわの髪の毛は言わずもがな、瞳も灰色がかっていて宝石のように美しい。それを縁取る睫毛《まつげ》も密度が高く、そして何より顔のパーツの配置が恐ろしくいい。まるで母が好む西洋画の天使のようだ、と清正は思った。

つ、と指先を口元に持っていけば、母親の乳と勘違いしたのか、赤ん坊がちゅうちゅうと吸ついてくる。胸がぎゅうっと締めつけられるような衝動が込み上げてきて、清正は眉間にぐっとしわを寄せた。

このときの清正は、まだ湧き上がる愛しさに対してどんな表情をすればいいか知らなかったのだ。

「ほら、清正坊ちゃん、車が来ましたよ。赤ん坊をこちらに」

「嫌だ。僕が連れて行く」

「……承知しました。奥様には清正坊ちゃんの好きにさせろと言われておりますので、では一緒に行きましょうか」

「ああ」

椿家は代々続く由緒ある家柄だ。広大な土地を所有しており、清正の父親は地元では大きな会社の経営者として知られている。

家にお手伝いがいるのも、忙しい両親に代わって清正の世話をしてくれる人間が必要だからで、そのための金は十二分にあった。

まだ小学生にもなっていないというのに家庭教師もつけられていて、清正の物言いが少し大人びているのもこのためだった。

「なあ、美和子」

「はい、なんでしょう」

ハイヤーに乗り込んで病院までの道すがら、清正は美和子に訊《き》いた。

「この子を見ていると、可愛《かわい》くてしょうがないのに、心臓が痛くなるんだ。この気持ちはなんと言うんだろうな」

「それは……」

美和子はふむ、と思案するように顎《あご》に手をやり、それから思いついたように言った。

「母性というものですね」

「ボセイ」

「母が自分の子どもを見るときに感じるものですよ」

「僕はこの子の母親でもなんでもないんだが」

「それに似た気持ちということですよ」

「……そうか」

美和子の言い分に少し違和感があったものの、清正はそれで納得することにした。

結局、その赤ん坊がどうなったかと言うと、健診を終えたあと保護施設に預けられることになり、それを知った清正は五歳児らしく泣きに泣いた。家に帰ってもずっと癇癪《かんしゃく》を起こして泣いている清正に、仕事から戻った両親はほとほと困った。なにせ、今までの清正はほとんど手のかからない物わかりのいい子どもだったからだ。

そんな清正の初めてと言っていい我儘《わがまま》が、あの赤ん坊を自分が育てたいというものだった。

あまりに大きな我儘を、しかし清正の両親は最終的に聞いてやることにした。兄弟もおらず、寂しい思いをしている清正にとって、ちょうどいい遊び相手になると思ったかららしい。自分たちが構ってやれない分の罪滅ぼしというわけだ。

だが、そんなことは清正にはどうでもよかった。あの赤ん坊が自分のものになるのなら、理由などは些末《さまつ》なことだ。

そうして清正が赤ん坊を拾ってから数ヶ月後、その赤ん坊は禄之助《ろくのすけ》という名前をもらい、椿家の次男となったのだった。

＊＊＊

「はあぁ、本当に愛らしいな、我が弟は」

禄之助が椿家に来たばかりの頃の写真を眺めて、清正はうっとりとため息をつく。

「ぷくぷくのほっぺにくりくりの目、……まるで天使だ。なあ、そうは思わないか、美和子」

当時三十代半ばだった美和子は、今はもうアラ還だ。

「はいはい、そうですねぇ。その頃の禄坊ちゃんは天使のようにお可愛らしいですねぇ」

アルバムをめくりながら言う清正の台詞は、もう幾度となく聞いたもので、美和子は清正の洗濯物を箪笥《たんす》にしまいながら適当に返した。

「その頃の？」

だが、写真に見入っていたはずの清正は、美和子の返事にぴくりと眉を上げて振り返った。

「何を言っている。禄之助は今でも十分可愛らしいだろう」

本当に不可解そうな顔で言われ、美和子は苦笑する。

「禄坊ちゃんが椿家に入られてもう二十一年ですよ。それに、こう言ってはなんですけど、今では清正坊ちゃんより随分《ずいぶん》と背も高くなられましたし、心根はおやさしくてもお顔立ちも身体つきも凜々《りり》しく逞《たくま》しくお育ちなんですから。禄坊ちゃんを可愛いなんて言うのは清正坊ちゃんくらいのものです」

美和子の言うとおり、成人して再来年大学を卒業する歳になった禄之助は、すくすくと大柄に育ち、今では百七十二センチの清正より十三センチも高い。天使と見紛《みまが》うばかりだった顔はすっかり大人の男然とした精悍《せいかん》なものになり、まるでファッション誌から飛び出してきた一流モデルのような見た目になっている。

だが、そんな男らしい容姿見た目に反して、禄之助は草食動物のように物静かで大人しい性格だった。清正の言うことはなんでも聞くし、「兄さん兄さん」とあとをついてくるのは小さい時分より変わらない。

「わかっていないな、美和子は。いくら大柄だと言っても、禄之助は存在自体が可愛いんだよ。それに、あんな男前なのにお化けが苦手というギャップもまた……」

「やはり可愛いよりかっこいいのほうがしっくりきますけどねえ。禄坊ちゃんもそろそろかっこいいって言われたいんじゃありませんか？　清正坊ちゃんだって、可愛いと言われたらお嫌でしょう？」

「僕が可愛いと言われるのは完全に見た目を舐《な》められている証拠だから不快に思うのは当然だ。女狐《めぎつね》どもはどうにも僕を馬鹿にしている」

両親に、何度かパーティーに付き合わされたことのある清正は、その場の空気を思い出して舌打ちをしながら、長くなってきた前髪を鬱陶《うっとう》しそうに掻《か》き上げた。濡羽《ぬれば》色のストレートな禄之助の髪と違って、清正の鳶《とび》色の髪は癖が強くセットがしにくいため、ここ数年は諦めて余程のことがない限りセットもせず無造作に前髪を分けただけだ。

だが中性的で整った顔立ちと相俟《あいま》ってミステリアスにも見えるということで、件《くだん》の女狐……もとい令嬢たちから案外と評判がいい。

「禄坊ちゃんが隣にいらっしゃると、どうしても比較されますから。禄坊ちゃんがかっこいいという表現になると、清正坊ちゃんの分類は綺麗《きれい》とか可愛いになってしまうのかもしれませんね」

「どっちもかっこいいでいいだろうが」

「まあまあ。世の女性たちはどんなものに対しても可愛いと言いがちですし。愛され税だと思うほかありませんよ」

そう締め括《くく》って、美和子はぱたんと箪笥の引き出しを閉めた。

と、そのタイミングで玄関のほうから、「ただいま帰りました」と張りのある低い美声が聞こえてくる。

清正はさっきまで寄せていた眉間のしわをぱっと解くと、すぐに部屋を出て玄関へと向かった。そして、「おかえり」と言うや否や、靴を揃えていた男――禄之助の広い背中にどんっと身を預けると、いつものように禄之助の髪の毛をわしゃわしゃと掻き回しながら頬にキスを贈った。

　成人した兄弟同士がキスなど世間一般では異様かもしれないが、椿家ではいつものことなので、美和子も特に気にする様子もなく「おかえりなさいませ」と禄之助を出迎える。

「兄さん、やめて、くすぐったいってば」

　抱きついたままの清正に禄之助は抗議するが、言葉とは裏腹にその顔はちっとも困ってはおらず、むしろ嬉しそうだ。

「仕事は終わったの？」

　身長に見合った大きな手を清正の腰に回しながら、禄之助が訊く。

「ああ、取引も午前中で終えたし、今月分の帳簿の管理も完璧に終えたところだ」

　本来なら、椿家の長男として父の仕事を継がなければならなかったのだろうが、清正は会社経営などに興味はない。淡々と変動する数字を追っているほうが性に合っていると気づいてからは早々に自分自身に見切りをつけ、渋る両親を「今どき世襲は流行らない」と説得し、今は家に籠《こ》もってもっぱらデイトレードと椿家の所有するマンションやら土地の管理で金を転がしている。

「そう。じゃあお疲れ様ってことで今日の夕飯は豪華にしないと」

「そうだな。美和子も連れてどこか外に食べに出るか」

　両親は今仕事で東京に出向いていて、この家には三人きりだ。なあ、と清正が美和子を振り返ると、彼女は首を左右に振った。

「それなら兄弟水入らずでどうぞ」

「なんだ、都合が悪いのか」

「今日は娘の調子がよくなくて、早上がりできるなら代わりに孫の面倒を見てやりたいんです」

　美和子は孫ができて間もない。少しでも多くの時間一緒にいたいという気持ちもわかるし、赤ん坊の世話がどれほど大変かというのも、清正は知っている。禄之助の面倒を見ていたのは、ほかでもない清正なのだ。

「それなら早く言えばよかったのに。この家のことはあと回しでいい」

「そういうわけにもいきません。お仕事ですから」

「頑固者め」

「清正坊ちゃんには負けますよ」

　軽口を叩いた美和子に早く帰れと手を振り、清正は禄之助に向き直る。

「さて、何を食べに行こうか」

　焼肉がいい、と言った禄之助を連れて、清正は近くの焼肉店へ向かった。高級店ではないが、うまい肉を揃えているので、小さい頃から清正はここが気に入っていた。

見た目どおりよく食べる禄之助のためにせっせと肉を焼きながら、清正はいつものように訊く。

「大学はどうだった。今日は確かマクロ経済の講義にゲストが来ていただろう。誰だったか、あの朝番組のコメンテーターの」

「八島《やしま》さん」

「そう、その人。面白かったか」

「まあまあ」

吊り上がり気味の目は肉を注視し、まだかまだかと箸《はし》を持つ手がうずうずしている。

「単位は大丈夫そうか」

網目《あみめ》の痕《あと》ついたちょうどいい焼き加減の肉を、禄之助の皿に入れてやる。

「大丈夫だよ。成績もいいし、真面目に勉強してる。兄さんも知ってるだろ」

がぱっと口を開いて、禄之助はおいしそうに肉を頬張る。尖《とが》った犬歯がちらりと覗き、清正はうっとりとした気分でそれを眺めた。

禄之助はどこもかしこも完璧だと、本心からそう思っている。

家の前で禄之助を拾ったときから、ずっとそうだ。いくら見ても見飽きず、それどころか禄之助以外の人間を美しいと思ったことすらない。

「兄さんも食べなよ」

見惚《みほ》れていると、禄之助が呆れたように言った。

「ああ」

大きな手が伸びてきて、少し焼けすぎた肉を清正の皿に落とす。レアが好きな禄之助と違い、清正はしっかり焼いたほうが好きだ。

「さすが、我が弟は僕のことをよくわかっているな」

上機嫌で清正が笑うと、禄之助は「当たり前だろ」と得意げに胸を張る。

「ずっと一緒なんだから、兄さんのことを誰より知ってるのは俺だ」

「そうだろうとも」

周りからすればブラコンすぎる、と笑われるかもしれないが（実際笑われたこともある）、清正はそれを恥じたりはしていない。兄弟仲が良いのは誇るべきことだと思っているし、何よりこうして禄之助がいつまでも自分を慕ってくれるのが嬉しい。

にやにやとだらしなく鼻の下を伸ばしていると、ふいに禄之助が目を眇《すが》めて清正を見た。

「……ところで、兄さん。俺が焼肉食べたいって言った理由、わかる？」

微笑していた表情から一転、禄之助の表情にはどことなく色香が漂う。

「えっと……」

口ごもった清正は、禄之助から視線を逸らし、唇を噛んだ。

と、そのとき、清正の太腿に何かが触れた。ひっ、と驚いたのは一瞬で、それが禄之助の足だということにすぐに気づいた。ぎゅっと腿を閉じるが、禄之助は強引に足先を清正の股のあいだに押し入れてくる。

「ちょ、禄之助……やめ、……んっ」

　制止しようにも、もはやその声は弱々しい。

「ここのところ俺も兄さんも忙しかったし、随分ご無沙汰だから、そろそろどうかなって思って」

　何を、とは訊かなくてもわかる。

　——お互いの性欲を解消するための、自慰行為だ。いや、この場合はお互いに慰め合っているので正確には抜き合いかもしれないが……。

　その行為が始まったのは今から十年ほど前のことだった。まだふたり一緒の布団で眠っていた頃、朝方隣ですすり泣く声が聞こえて、清正は目を覚ました。すると、顔を真っ赤にした禄之助が股間を押さえて涙を流していた。

「兄さん、どうしよう」

　どうしたんだと慌《あわ》てて手を取ると、禄之助の性器がはちきれんばかりに膨れて濡れていた。

　ただの生理現象だから大丈夫だと伝えればよかったのだが、そのときの清正は、「禄之助も大人になったなあ」と感慨《かんがい》に耽《ふけ》る余裕もなく、初めて見る他人の勃起した性器にただただ混乱した。

しかし苦しそうな弟を放っておくこともできず、思わず、「兄さんがなんとかしてやる」と清正は禄之助のそれをそっと握って、自分でするように扱《しご》いてしまったのだ。

あまりの刺激に、禄之助は低く唸《うな》りながら正面にあった清正の首筋をがぶがぶと噛み、本能のままに腰を押しつけてきた。鋭い痛みはあったが、清正は我慢して手を動かし続けた。

そして禄之助は一際苦しそうに呻《うめ》くと、清正の手の中に精を放った。

初めての射精に疲れ切って気絶するように眠ってしまった禄之助を横目に、とんでもないことをしてしまったと清正の心臓はどくどくと脈打ちはじめた。

その後しばらく、「助けてやるつもりだったとはいえ義弟にすることではなかったのでは……」と後悔の日々を送っていたのだが、一週間もしないうちに、その苦悩の元となった出来事自体が日常に組み込まれ、薄れゆくことになる。

「ねえ、兄さん。またおちんちん痛くなってきたんだけど……。この前の、またやってくれない……？」

布団の中でもじもじと恥じらいながら、禄之助がそう言ってきたからだ。そんな可愛らしい義弟のお願いを、清正が断れるはずがなかった。

それ以降、定期的に訪れる禄之助の欲情に、清正はずるずると付き合うようになった。

禄之助にお願いされては断れない性質というのもあったが、何より断って禄之助の性欲解消法が他に向かうことが怖くもあったからだった。間違っても禄之助がインターネットで変なサイトを開いて架空請求されたり、いかがわしい出会い系にハマってしまうことがあってはならない。

それならば自分がと自慰の手伝いをしているうち、いつの間にか清正自身まで一緒に自慰することになったうえ、だんだんと禄之助の求めはエスカレートしていき、今では禄之助のイチモツを股に挟んで擦る、いわゆる素股をするまでになっていた。

「ね、いいだろ、兄さん」

焼肉屋のテーブル越しに、ぐいっと禄之助の足先が清正の股間を乱暴に押す。

「わかった、わかったから、ここではやめてくれ……っ」

清正が了承すると、禄之助はぱっと足を退け、満面の笑みを浮かべた。

「じゃあ、たっぷり食べて体力つけとかないと」

見せつけるように肉を口に放り込み、ごくりと呑み込んだあと、ちろりと赤い舌が唇を這《は》う。清正はそれを見て、ずくりと下半身が疼《うず》くのを感じた。

「どこからどう見ても可愛いはずなんだがなぁ」

家に帰り、ふたりで風呂に入って炭の匂いを落としたあと、タオル一枚腰に巻いただけで禄之助の部屋へ行き、禄之助に覆いかぶさられながら、ぽつりと清正が零す。

「俺のこと可愛いだなんて言うの、兄さんくらいだよ」

「それは今日美和子にも言われた」

「やめてよ、これからってときに美和子の名前出すの。萎《な》える」

とは言いつつ、禄之助の分身はすでに興奮の兆しを見せていて、先ほどからぐりぐりと硬い先端が清正の太腿のあいだに押しつけられている。

「すまん」

「ううん」

そしてそれきり禄之助は黙り込み、いよいよ興奮がピークに差し掛かる。その証拠に、はあはあと熱い息が首筋にかかり、尖った犬歯が清正の皮膚にゆっくりと食い込んでいく。

初めての行為以来、禄之助の嚙み癖は直らない。あれがどうやら快楽と同時に刷り込みされてしまったらしい。だが、食いちぎられそうだな、という恐怖はない。いくら性欲で興奮状態になっていたとしても、禄之助は決して清正が本気で嫌がることはしないとわかっているからだ。

四つん這いで腰を高く上げた清正の太腿の隙間に、勃起した性器を挿し入れると、禄之助は大きな身体をゆさゆさと揺すりはじめた。禄之助の性器が陰囊《いんのう》と裏筋を擦る刺激に、今では清正のほうがすぐにとろとろと快楽に溶かされていく。

「ん、ん……っ」

あまり声を出すのはみっともない、と清正は布団に顔を埋めて堪《こら》える。が、禄之助の指が乳首を弾き、思わず高い嬌声《きようせい》が洩《も》れた。

「あっうう……」

その途端、股のあいだの禄之助が、ぐん、と大きくなる。ふたり分の先走りでにちゃにちゃといやらしい水音が響き、さらに禄之助の動きが速くなっていく。

「兄さん、兄さん……っ」

荒い吐息交じりで呼ばれ、ぎゅっと強く抱きしめられた瞬間、ぶわりと清正の体温も上がった。さらなる刺激を求めて、清正は自分の性器に手を伸ばし、握り込む。

「うっ」と禄之助が呻いて、傍にあったティッシュを慌てて引き抜いた。清正もそれを見て、ほっとしたのと同時に禄之助が押し当ててくれたティッシュの中へ、とぷりと精を吐き出した。


上機嫌で鼻歌を歌う禄之助の髪をひと撫《な》でし、清正は布団に寝転がったまま下着だけを身につけ、彼に背を向けて目を閉じる。

「朝、美和子が来る前に片付けるから、お前も早く寝ろ」

少し無愛想なのは、行為が終わったあと、急激に訪れる賢者タイムのせいだ。

いつも流されて禄之助の望むまま相手をしてやっているが、仕方ないという思いと同時に、（前と比べて多少は自責の念が薄くなったとはいえ）このままでいいのだろうかという不安もじくじくと清正の胸を締めつける。

この関係は真っ当ではない。

それはいくら義弟を溺愛している清正にもわかっている。本来ならばきちんと禄之助に彼女を見つけるか、ひとりでなんとか処理をしてもらうようにするべきだ。

「うん、ありがとう、兄さん。いつもごめんね」

申し訳なさそうに禄之助が言い、まだ少し汗ばんだままの身体で同じ布団に横になる。甘えるように禄之助が清正を後ろから抱き、裸の肌同士が吸いつくように貼りついた。一度出したというのに、その接触に再び中心に血が巡りそうになるのを、清正は気合いで堪える。

「……いや、気にするな」

しかし何度後悔してもこうしてこの行為を続けてしまうのは、ひとえに清正自身の快楽への弱さも原因だった。

前述したとおり、清正は禄之助以外を美しいとは思えない。見た目の美しさだけでなく、清正のすべての基準は禄之助でできており、女性を見るときもついその基準に照らし合わせて見てしまう。

禄之助のほうが睫毛が長い、とか、禄之助のほうが箸の持ち方が綺麗だ、とか、禄之助と比べて謙虚さが足りない、とか。

それゆえ、誰かと付き合おうと思ったことすらなく、二十六という歳になった今でも、実のところ禄之助以外の誰とも肌を合わせたことがない。だからこそ耐性もなく、禄之助から与えられる肌の熱さや刺激に清正はめっぽう弱いのだった。


翌朝、美和子が来る前に目を覚ました清正は、べったりとくっついて自分を抱きしめている禄之助を引き剝《は》がし、昨晩の残骸《ざんがい》を丁寧に掃除して消して、窓を開けた。

梅雨前の爽やかな風が吹き込んできて、それに当たっていると、身に纏《まと》わりついていた後ろめたさが洗い流されていくようで、何にとは、はっきりしないが少し赦《ゆる》された気分になる。

今日は土曜日で禄之助も特に用事がないはずだ。寝ているのを起こさずにひとりでシャワーを浴びていると、鏡の中の自分の首元に、がっつり禄之助の歯型が残っているのを発見した。

「いつも加減はしてくれてるんだろうが、しばらく消えないんだよなぁ」

しかし鬱血《うっけつ》したそこは、見た目ほど痛くもなく、おそらくは禄之助の次の誘いまでには消えているだろう。

治っては噛まれ、治っては噛まれ、この十年その繰り返しだ。

これだけ噛まれていれば消えない痕《あと》になりそうなものだが、清正の心配もよそに、傷痕はしっかり治り、何事もなかったかのように消えてしまう。

薄くなっていくそれに、どうしてか清正はいつも物悲しい気持ちになるのだが、その理由は判然としない。溺愛する禄之助がくれるものはなんでも嬉しがってしまう性質だから、禄之助がつけてくれたものが消えるのが嫌なだけなのかもしれないとも思う。

指先で傷痕を撫でると、ぴりっとした痛みに昨晩噛まれたときの記憶が蘇《よみがえ》りそうになる。が、それを思い出してしまえばまた兆してしまうのも知っていて、清正はぶんぶんと頭を振って邪念を外へ逃がした。

シャワーのあと、首がきっちり隠れるようにシャツのボタンを上までしっかりと留《と》め、コーヒーでも飲もうかとキッチンに向かうと、そこにはすでに美和子がいて、禄之助もあくびを噛み殺しながらダイニングのテーブルについていた。

「おはようございます、清正坊ちゃん。朝食はハムエッグトーストと野菜スープですよ」

「おはよう、兄さん」

「あ、ああ、おはよう」

昨日のぎらついた目が嘘のように、禄之助はおっとりとした草食動物然とした顔で清正に微笑みかけた。

「コーヒー飲むよね」

「ああ」

清正が頷《うなず》くのを見て、禄之助は立ち上がってサーバーに溜まった黒い液体をカップに注いでいく。そしてミルクと砂糖をひとつ入れ、席に着いた清正の前に置く。

「ありがとう」

「どういたしまして」

にっこりと笑う禄之助は、まったくもっていつもどおりだ。触れ合いの翌日、いつも清正だけが気まずい想いを抱えていて、禄之助はすべて忘れてしまったかのように普段と何も変わりはない。それはきっと、禄之助にとってはあれが、あくまで普通の自慰行為だからだろう。

だからただの処理だと割り切れず悶々《もんもん》と悩む清正の気持ちなど、禄之助にはきっとわからないのだ。

ふう、とコーヒーを一口飲んでため息をつく清正に、「どうかした?」と禄之助が訊く。

「なんでもない」と答えて、清正は無垢《むく》な瞳で自分を見つめる禄之助の頭を、くしゃくしゃと掻き回した。

＊＊＊

自分が清正の本当の兄弟ではないと知らされたとき、禄之助はまだ血の繋がりというものがどんな意味を持つのか、理解できない年齢だった。

徐々に言葉を覚え、人生経験を積み、家族の仕組みを正確に把握したのは、小学校に上がってしばらくした頃だったと記憶している。

——禄之助くんって、家族と血が繋がってないんだって。偽物の子どもなんだよ。

誰かが言った言葉がクラス中に広がって、禄之助はいじめられた。

禄之助が家族だと思っていたのは赤の他人で、本来ならば関わることのなかった人たちに、なんの因果か拾われて、育ててもらっている。

まるで本当の家族のように、違和感も息苦しさもなく。

特に清正においては、他人どころか本当の兄弟以上に愛情を持って接してくれている。

言われなければきっと、禄之助は戸籍を調べない限り気づくことはなかっただろうと思う。

——椿家で、自分だけが異質。

しかし清正が実の兄ではないと知ったとき、禄之助が感じたのは、意外なことに安堵《あんど》だった。いじめられたことへの哀しさはあったが、家族に対しての嘆きはなかった。

普通なら、捨てられたという生い立ちを嘆くべき場面かもしれないが、禄之助は心底よかったと思ったのだ。捨ててくれた本当の両親にも感謝したくなったほどに。

どうしてそう思ったのか、当時はその理由が自分でもよくわかっていなかった。やさしい彼らと血の繋がりがなくてほっとしているなんて、自分はどこかおかしいのではないか。けれど、「禄之助」と呼ぶ清正の笑顔を見ると、他人でよかったという気持ちがしみじみと湧いてきた。

そのとき感じた安堵の正体に気づいたのは、それからさらに人生経験を積んで、もうすぐ十二歳の誕生日を迎えようとしていたときだ。

義兄の服の隙間から覗いた、桜色の乳首を見た瞬間、禄之助は悟った。

——本当の兄弟じゃないなら、俺は兄さんと結ばれてもいいんだ。男同士だとしても、禁忌《きんき》じゃない。他人なのだから。

強烈に、清正が好きだと思った。そしてそれは決して家族愛や兄弟愛などではなく、もっと生々しく、どろどろとしたものだった。

——この人を俺だけのものにしたい。

道端に落ちていたエロ本に載っていた女の人のように、裸に剝《む》いて何もかもを暴《あば》きたい。

恥ずかしげに身を捩《よじ》り、喘《あえ》ぐ清正の姿が脳裡《のうり》にくっきりと思い浮かんだ。

気づけば禄之助の下半身はむくむくと頭をもたげ、痛いくらいに腫《は》れ上がっていた。

その後、どうしたらいいかわからず泣いていたところ清正が目を覚まし、助けを求めた結果、成人した今でも禄之助の自慰行為を手伝ってくれているという奇跡のような状況になっている。

一体どういうつもりで今でも自慰に付き合ってくれているのか、正確なところは禄之助にもわからない。胸の裡《うち》がわからない以上、頻繁にねだれば「もうやめる」とも言われかねないと、なるべくギリギリまで我慢してから手を出すようにもしている。

だが、その不安は未だに杞憂《きゆう》で済んでいる。昔から清正は禄之助に過度に甘く、溺愛という言葉がぴったりなほど可愛がってくれている。それこそ、まるで愛玩《あいがん》動物のように。

もちろん、禄之助の意見は尊重してくれるし、人としての尊厳を奪われているわけでもない。ただ、ひたすら盲目的なのだ、義兄は。

身長だってとうに清正を追い抜いて、見下ろすくらいになっているのに、清正は未だに禄之助を「可愛い」と言う。自分が赤ん坊の頃からずっと一緒にいるのだから見飽きているだろうに、たまにじっとこちらを見つめては、キラキラした目でしみじみと呟《つぶや》くのだ。

「禄之助は可愛いなあ」と。

清正の目には禄之助はどう映っているのだろうと近頃禄之助は真剣に考えはじめている。愛玩動物以外に喩えるなら、清正にとって禄之助は未だにすべての世話をしないといけない赤ん坊なのではないか。だから自慰を手伝ってくれるのも、その延長線上に過ぎず、深くは考えていないのかもしれない。それならば奇跡のような現状の理由も、悲しいことに辻褄《つじつま》が合ってしまう。

「本当に、禄之助は世界一可愛い」

そう言って頬にキスをされるのは嬉しいが、そろそろ禄之助の大人の色気にどきりとして欲しいというのも本音だ。

自分は義兄のことが大好きなのに、当の本人は気づく素振りすら見せない。素股までしているというのに。

「はあ……」

「どうした、禄之助。何か悩みでもあるのか？」

ため息をついた禄之助を覗き込み、清正が問う。

今日は日曜日で、清正の仕事も禄之助のバイトもなく、ふたりで夏用の服を買いに行くところだ。

途中、大学の同級生と出会ってしまい、話しかけられて仕方なく二、三会話をしていたのだが、つまらなさすぎて義兄のことを考えていたら、いつの間にか同級生はいなくなり、最愛のその人が自分を覗き込んでいた。

清正は禄之助を可愛いと褒めそやすが、清正のほうが何倍も可愛い。

ほとんど外に出ないため色白でシミひとつない肌に、小ぶりながらもスッと通った鼻。

唇は血色のいい桜色で、リップも塗っていないのに常に艶々としている。一度も染めたことのない髪はやわらかな猫っ毛で、陽が当たると黒というより明るい茶色に見える。そしてなんといっても美しいのが、その瞳だ。ぱっちりとした二重の大きな目で、それを縁取る睫毛は密度も濃く、瞬きするのに重たそうなほど。だが、顔全体の印象は決して女っぽくはなく、絶妙なバランスで男に傾いている。

初めて会う人は、清正のこの凜《りん》とした美しさに、はっと息を呑む。

先ほど会った同級生もそうだった。見惚れるのが一瞬で、あとは普通に接する人ならばいいが、そのあと清正に邪《よこしま》な目を向けようものなら、禄之助は絶対に許さない。幸い、同級生はそうではなかったため、禄之助の逆鱗《げきりん》には触れなかった。おかげで今後も大学生活で彼を無視しないでよさそうだ。

「ううん、別に、なんでもないよ。ちょっと暑くなってきたなって。もうすっかり夏だね」

「確かに。去年の今頃はこんなに気温も高くなかったのに」

「そろそろ新しいパジャマが欲しいな。兄さんのもくたびれてきてるだろ」

駅前の、洋服店が立ち並ぶ道を歩きながら、禄之助が言う。

「そうだな。寝苦しい季節になってくるから、汗を吸ってくれるか通気性のいい素材にしないと……」

主婦みたいなことを言いながら、清正は真剣な目で服を選んでいく。手に取って広げては、きちんと畳み直して元に戻す。

こういう当たり前の生真面目さが、好きだ。

外見もさることながら、清正の所作や思考の端々には、その名にぴったりの洗練された折り目正しさがある。清らかで、美しい。もう二十年は見てきたというのに、全然見飽きたりしない。宝物のように、誰にも見られないようにそっとガラスケースにしまって、一日中眺めていたいとすら思う。

「……甚平《じんべえ》とかもいいんじゃない？　兄さん、浅黄《あさぎ》色のやつ似合いそう」

気を抜けばじっと観察してしまいそうで、禄之助は小さくかぶりを振った。目に入った男物の甚平のタグを見て、麻と書いてあるのを確認してから清正に宛がうと、清正は花が咲くように笑って、即座に頷いた。

「これにする」

「だったら、俺は色違いにしようかな。兄さん、何色がいいと思う？」

訊かれ、清正は困ったように眉間にしわを寄せた。

「お前は何色でも似合うからな」

選ぶのが面倒で適当に言っているのではなく、本気だからこそ、愛しいと思う。俯《うつむ》いて真剣に考える清正のつむじを眺めながら、禄之助は笑った。

このままではいつまでも決まらないだろう。

「黒と紺、どっちが似合う？　黒だとあんまり素材の風合いが見えないから、兄さんとお揃いっぽくならないかな」

「じゃあ紺にしよう」

即座に答え、清正がにっこりと微笑む。

レジに持っていくと、いつから聞いていたのか、「仲のいいご兄弟ですね」と二十代半ばくらいの女性店員が言った。じろじろと値踏みするように眺められ、禄之助はさり気なく清正の前に身体を滑り込ませてその視線を遮《さえぎ》った。

——汚らわしい。

嫌悪感がふつふつと腹の底で煮え立つ。途端に、買う気が失せた。この女が触ったものを清正に着て欲しくない。

「……兄さん、やっぱり、もう少し考えていい？」

気づいたときには、禄之助はそう口走っていた。

「え？」

財布を開きかけていた清正は、戸惑った様子で禄之助を見上げた。その手を強引に引いて、禄之助は店を出る。

「禄之助、いきなりどうしたんだ」

「気が変わったんだ。どうせならもっといいものにしようよ。俺、バイト代入ったばかりだからプレゼントするし」

こんな子どもじみた独占欲など、無意味なものだとわかっている。警戒しすぎだということも。気まぐれに見えたであろう自分を、清正は叱《しか》るかもしれない。

しかし、繋いだ手をぎゅっと握り返し、清正が言った。

「……あの店員、禄之助をじろじろ見て嫌な感じがしたから、連れ出してくれてよかった。まったく、いくら禄之助がいい男だからって、客をあからさまにいやらしい目で見るなんて、教育がなってない」

どうやら同じことを清正も感じていたようだ。怒ったように唇を尖らせ、今度は清正のほうが禄之助の手を引いて、道を歩いていく。

「甚平なら馴染みの呉服屋のほうが種類もあるし、質もいい。そこに行くぞ、禄之助」

「うん」

先ほどまでの怒りがすっと消え、じわじわと温かな喜びで満たされる。

きっとまだ、清正のこの行動の原理は、自分と同じではない。だが、禄之助を異性から隠しておきたいと思ってくれていることが、嬉しい。その独占欲がいつか、もっと大きくなって、取り返しのつかないものになればいい。心からそう思う。

「どうせなら浴衣も新しいのを仕立てない？　今年の花火大会、去年より盛大になるらしいよ。二万発だって。兄さんと一緒に観に行きたいなあ」

「じゃあ浴衣は僕がプレゼントしよう」

禄之助がねだると、脂下《やにさ》がった顔で清正が頷いた。本当に、義弟に甘い人だ。

「……楽しみだな」

浴衣や花火大会のことではなく、いつか清正と身も心も繋がる日を夢見て、禄之助は呟いた。

「ああ」

それを知らない無垢な義兄は、鼻歌交じりに返事をする。

＊＊＊

七月に入っても、まだ梅雨は明けず、どんよりとした雲が窓の外に広がっている。

禄之助とお揃いで買った甚平を着ているというのに、清正の顔は先ほどからずっと不貞腐れていた。

「もし嫌なら別の方法もあるんだけど」と、久しぶりに顔を合わせた母が、ダイニングでジャスミン茶をすすりながら気まずそうに言う。

「会うだけ会ってみてくれない？」

彼女の手には、ぶ厚い高級な紙で丁重に挟まれた写真があった。いわゆるお見合い写真というやつだ。

釣り書きには有名大学の名や、彼女の父親の経営する会社の名前まで書いてある。ちなみに清正も知っている大手建設会社だった。

清正はふんっと鼻で笑ってそれを一蹴し、ひらひらと手を振った。

「僕が結婚に興味がないのは母さんも知っているでしょう」

清正が成人した頃から、この手のことは何度かあった。

だが、他人にまったく興味の持てない清正がそんな話に乗るわけもなく、頑として断り続けていた。

それに、父の跡は継がないと決めている清正にとっては、結婚はなんの意味もないものだった。

ここ最近は両親も諦めて話を持ってくることはなくなっていたが、しかし今回ばかりはのっぴきならない理由があった。

「そりゃあそう言ったのは聞いたことがあるし重々承知だけれど。……でも、うちの会社のためなのよ」

困ったように眉間のしわを揉んで、母は言う。

「先方のお嬢さんがどこで見たのか清正を気に入って、お見合いしてくれるなら資金援助をしてもいいって言ってくださってるんだから。こんな都合のいい提案、今後ないかもしれないし……」

不景気と相俟って父の会社の業績が悪化し、地元銀行に融資を願い出たと聞いたのがつい先日のことだ。

しかし銀行も貸し渋り、父が希望するほどの金額は手に入らなかったらしい。このままでは経営が立ち行かなくなる、と弱っていたところに、父の旧知から娘との見合いの話を持ち掛けられたというのが、ざっくりとした流れだった。

「そんなうまい話があるわけないじゃないですか。本当に見合いだけで済むと？」

「それは……、でもお見合いだけでって話だし……」

清正の追及に、母が口ごもる。

こういうのは大抵、見合いだけでいいと言っておきながら、あれよあれよという間に結婚まで漕ぎつける手口に決まっている。

「……というか、資金がないなら僕が管理している椿家の不動産を売ったらいいじゃないですか」

「それも考えたんだけどね。売り飛ばしても地価も落ちてるし大した金額にはならないそうよ」

雀《すずめ》の涙だ、と言われ、清正は閉口する。清正のマンション経営だけでも億は稼いでいるのに、それでも足りないというのは、うちの会社はもうほぼ倒産寸前ではないか。

——名家と呼ばれたうちが、いつの間にそんなことに。

しかし、もしここで了承して清正が見合いをしたとしても、想像と違ったと文句を言われる可能性は十分にある。そうなるとなんだかんだ文句をつけて、金など出さないに決まっている。あるいは万にひとつ気に入られ、結婚したいと言われたとて、妻となる女性を愛する自信など清正には一ミリもない。

どちらにせよ、向こうの思惑どおりにはならない話だ。その時点でこの見合いは破綻している。

「……だからといって、今どき政略結婚みたいな、息子を質に出すようなこと、」

なんとか見合いだけは回避できないか、と清正が人道的に訴えようとすると、母の隣で黙っていた父がおもむろに口を開いた。

「清正が嫌なら、禄之助はどうだ？　清正とタイプは違うが、お前も美男子だし、女性人気は清正よりもあるだろう。きっとお嬢さんにも気に入られるんじゃないか？」

「え？」とリビングのソファで大学のレポートをしていた禄之助が驚いたように顔を上げた。

「俺？」

「ちょっと待ってください！」と本人以上に声を荒らげたのは、清正のほうだった。

「正気ですか？　禄之助はまだ学生ですよ⁉　いくらなんでも見合いなんて早すぎます。なあ？」

同意を求めるように禄之助に問いかけると、「はあ、まあ」と虚《うつ》ろな返事が返ってくる。

「ほら、禄之助もこう言ってることですし」

言質を取ったと言わんばかりに清正が両親に向き直ったが、父は「お前は少し黙っていろ」と剣呑《けんのん》な声で言った。父が怖いわけではないが、聞き分けがないほど清正も我儘ではない。大人しく口を閉じると、よしよし、と父が満足げに頷いて、禄之助を呼んだ。

禄之助は父の真向かい、清正の隣に腰を下ろすと、じっと言葉を待つ。

「清正に最初の縁談話があったのは、確か二十歳のときだったな。まだ清正は学生だったが、成績もよかったし、将来は安泰だろうと見込んでの声掛けだった。まあ、こいつは嫌だの一点張りで会うこともしなかったがな」

「覚えてますよ。俺も兄さんが結婚したらこの家から出ていくかもしれないって、目一杯反対しましたから」

「そうだったそうだった。あのとき禄之助が初めて駄々をこねたんだっけな」

当時を思い出したのか、父が眩《まぶ》しそうに目を細めた。その頃にはもう背なんて清正より高くなっていたのに、禄之助はわんわん泣きながら反対したのだ。

「お恥ずかしい限りです」

照れたように首の後ろを掻く禄之助に、清正が横やりを入れる。

「いいや、恥ずかしいことなどまったくないぞ。僕はあの禄之助の姿を見て生涯結婚なんてするものかと固く心に誓ったんだからな！」

「俺のせいだったの」

驚いたように禄之助が目を瞠る。

「いや、もともと結婚する気はこれっぽっちもなかったんだが、あの日に対外的に決意表明しようと決めた」

「いつまでも禄之助にべったりだものねえ、清正は。何かあったらすぐに禄之助禄之助って」

母が呆れたように言うのに、「すみません」と謝ったのは禄之助だった。

「俺がいつまでも兄さんに頼ってばかりだから、目が離せないんだと思います」

「そんなことはなかろう」と父が首を振る。

「お前はひとりでも立派にやっているじゃないか。大学では研究リーダーを任されていると聞いたぞ。とても優秀な学生だと、担当教授も褒めていらした。このまま院に欲しいくらいだと」

「そんな、ただのお世辞ですよ」

禄之助は謙遜したが、両親も清正も、教授の見る目は正しいと心の中で賛同していた。清正も十二分に優秀な頭の持ち主だったが、禄之助も負けてはおらず、それに加え、努力を怠《おこた》らない人間だった。リーダーシップもあり、誰もが信頼して然るべき人材なのだ。

自分のことのように清正が誇らしげに胸を張っていると、こほん、と母が咳払いをした。

「それで、お見合いの話なんだけど」

「ああ。それで、禄之助も十分に将来安泰だろうし、婚約までいかないにしろ、今から見合いを経験をしておくのも悪くないと思ってな。お付き合いしている人もいないのだろう？」

「それは、いませんが……」

いつもはピンと伸びた背筋が、戸惑ったように萎《しお》れている。見合いなどしたくないという禄之助の本音が、そこに表れていた。

「無理強いはやめてください」

清正は思わずまた口を挟んだ。

「それに、今どき見合いなんてナンセンスすぎます。禄之助はまだまだ若いし、これから出逢いだってあるでしょうに。自分の結婚相手くらいは自分で見つけますよ」

な、と背中を叩くと、すぐに頷くと思っていたのに、禄之助は困ったようにぎこちなく笑った。

「それはわからないけど」

「どうして。お前が望めば落ちない女はいないだろうに。あっ、でも僕のお眼鏡に適《かな》わない女はダメだからな」

「そんなこと言ったら、兄さんの理想は高すぎるから、俺一生結婚できないよ」

「それもそうね」

母が苦笑して、ずいっと見合い写真を禄之助の前に差し出した。

「どうせ誰を連れて来たって清正は納得しないんだから。それならいっそお見合いでもいいじゃない。愛だってあとから生まれることもあるんだし、一目惚れってこともあり得るわ」

「母さん」

「それにね、清正。あなたもいつまでも禄之助にべったりじゃなくて、いい加減弟離れしなさいな。兄弟と言っても、いつまでも一緒ってわけにはいかないんだから」

その一言に、清正はスパンと頭を叩かれたような気分になった。

漠然と、禄之助とこの先もずっと一緒にいると信じていたのを、思わぬところから指摘されたような心地だった。

固まってしまった清正を、母がぎょっとしたように覗き込む。

「まさか、禄之助をずっと傍に置いておく気だったの？」

「いや、いくら僕でもそんな、まさか、ははは」

口では否定しつつも、だがこの身を引き裂くようなショックは無意識に清正がそういうつもりでいたことの裏付けでしかなかった。

日頃、「彼女ができたら紹介しろ」だの、「結婚相手は完璧な人間でないと」と言いながら、その実禄之助と離れ離れになる将来など、本気で想像したことがなかったのだ。自分から禄之助が離れていく未来など、少しも。

「まあ、とにかくだ。禄之助自身はどう思う？」

真っ青になっている清正を置いて、父が禄之助に訊いた。

「見合いは、俺にはまだ早いと思います。それに……」

言い淀《よど》んで、禄之助が言いづらそうに下を向く。

「それに？」

「椿家の次男とはいっても、俺は養子ですから。兄の代わりになど、先方に申し訳がないです」

「そんなこと！」と叫んだのは三人同時だった。ユニゾンして思ったより大きくなった声に、禄之助が身を縮めた。咳払いをし、父が話を引き受ける。

「そんなことは決して思わなくていい。それにな、禄之助。この際だから正直に言っておくが、長男である清正が今後どうしても跡を継ぎたくないと言うのなら、私はお前に跡を継いでもらいたいと思っているくらいなんだよ」

「え?」

「は?」

これは清正も初耳だった。

清正が跡を継がないと宣言したとき、世襲制は馬鹿らしいと散々並べ立てておいたのだ。それもこれも、自分の代わりに禄之助に両親の無茶振りがいかないようにするためだった。

禄之助には家に囚《とら》われず好きなことをして欲しかったからだ。

「プレッシャーになるかもしれんと言わないでいたがな。代々続いてきた椿家をここで途絶えさせるのは胸が苦しいんだよ」

「でも、俺が継いでも……」

「何を言っている。お前は私の可愛い息子だ。血の繋がりなんて些細《ささい》なこと。お前は椿家の男として十分すぎるくらいだ」

「父さん……」

力強い父の言葉に、禄之助が声を震わせた。

父の意見はもっともだ。禄之助はどこに出しても恥ずかしくない男で、自分が養子だからと卑屈《ひくつ》になる必要は一切ない。

だが、清正は禄之助が椿家を継ぐことに諸手を挙げては喜べなかった。

もちろん、禄之助が自ら進んで継ぎたいというのなら反対はしない。禄之助だったらきっと従業員からも信頼される立派な経営者になるだろうし、誰からも慕われるに違いない。

しかし、そうなると椿家の跡継ぎという肩書きがついて回るようになり、禄之助の私生活はないも同然になってしまう。

禄之助は可愛い。見せびらかして自慢したいし、世界中の人に禄之助の可愛さや優秀さを知ってもらいたい。

だが、両親がそうであったように、禄之助もこの家に滅多《めった》に寄りつかなくなるだろうし、きっと清正のことなど二の次になってしまう。清正はそれが不満なのだった。

子どものような独占欲が、ちくちくと清正の胸を刺す。

「返事はすぐじゃなくてもいい。断ったって別にいい。会社のことは私の責任だからなんとかする。……だが禄之助、私はお前にも期待してるんだってことを忘れないように」

「……はい」

返事をした禄之助の背筋は、いつの間にかピンと伸びていた。姿勢正しい禄之助の横顔は、すっかり大人の男だということに、清正は改めて気づく。本当に遠くへ行ってしまいそうで、焦燥《しょうそう》感に清正はぐっとこぶしを握った。

「さすがにそれはブラコンすぎやしねぇか、キヨ」

「そうか？　でも僕の与《あず》り知らんところで禄之助が大変なことになっていたらと思うと気が気じゃない。お前も妹がいるならわかるだろう、チカ」

清正にそう訊かれ、苦笑いを浮かべるのは大学時代からの友人、二宮央矩《にのみやちかのり》だ。同じ経済学部の同期で、顔面もタイプは違えど清正に負けず劣らず整っていて、大学祭のミスターコンテストには年によって清正が勝ったり央矩が勝ったりしていた（ただし人前に出るのが苦手な清正は表彰式にすら出なかったが）。清正が美人系なら、央矩は控えめな王子様系だ。

ちなみに先ほど話題に出した央矩の三つ下の妹は、シャイだがとても兄想いの女の子で、何度も芸能界にスカウトされるほどの美少女だ。

「妹のことは大事だが、お前ほどべったりはしていない。見合いでもなんでも好きにしろって思うけどな。成人した大人なんだし、干渉しすぎるのはうざいと思われるぞ」

「禄之助が僕をうざいと思うわけがないだろう」

「お前のその自信は一体どこから来るんだ」

はあ、と馬鹿にしたようにため息をついて、央矩はネクタイの先を胸ポケットに突っ込むと、美和子が作った親子丼に箸をつける。

大学卒業後、自分の親が経営する不動産会社に勤めはじめた央矩は、友人だからという理由で椿家を担当することになり、たまにこうして商談と称して清正のところにやって来ては美和子の作る昼飯を平らげていく（ちなみに母がうちの地価を確認したのも二宮不動産だ）。

ずっと家に引き籠もりっぱなしの清正にとってもいい気分転換になるので歓迎しているのだが、昔から央矩の言葉は切れ味鋭く、へこまされることも多い。

今日も例に洩れず、清正の愚痴を研ぎたてのナイフよろしくスパスパと捌《さば》いていく。

「だいたい、お前が跡を継がないから全部禄之助くんにしわ寄せが行ってんじゃねぇか。お前は我が強くて親も諦めたんだろうけど、本当は孫の顔だって見たいだろうし、そんな親の期待とか、結構なプレッシャーだと思うぞ、俺は。本当の親子ならまだしも、養子だとなおさらな」

「養子だとかそんなこと、うちは誰も気にしていない」

「お前はそう思ってても、禄之助くんはどうかはわかんないだろ。お前にだって遠慮してるのかもしんねぇし」

「遠慮なあ」

兄さん兄さんと寄ってくる禄之助に、遠慮などということがあるのだろうか、と清正は首を傾げる。

禄之助を育てたのは自分だ。もし禄之助が妙な遠慮などしていようものなら、わからないはずがない。それに、万が一遠慮しているとしたら、あんなふうに自分に頼ってはこないだろう、と清正は夜の禄之助を思い出してかっと顔を赤くした。

それを見た央矩がうわあ、と眉を顰《ひそ》める。

「なんだよ、急に気持ち悪い顔しやがって。思い出しスケベか。むっつりだもんな、お前」

「うるさい。むっつりじゃない。慎ましやかと言え」

「スケベなのは否定しないんかい。ってか弟の話してるときに何別のエロいこと思い出してんだよ。弟はどうした弟は」

「どうしたもんかな」

央矩のツッコミを受け流すと、焙《ほう》じ茶をずずっとじじむさくすすり、清正はぼんやりと天井を見上げた。

禄之助にはなんのしがらみもなくのびのびと生きて欲しい。そのための力添えなら、惜しみなくするつもりでいた。

だが、央矩の言うとおり禄之助が自分に遠慮しているとしたら、彼の本心がわからない以上、清正にはなす術もない。

「禄之助くんって、本当に彼女いないわけ？」

央矩が最後の一口を食べ終えて、満足げに手を合わせてから訊いた。

された」


「いない。今までもいなかった」

「あの見た目で？　好きな子とかも？」

「好きな子がいるとも聞いたことがないな。話は振ってみたことはあるが、いないと即答された」

――俺は兄さんといるほうが楽しいし、恋人なんていらないよ。

少し照れたような顔でそう答えた禄之助を思い出し、清正はにやにやと締まりのない顔になる。それを容赦なく、央矩が切る。

「きっも。弟に彼女ができなくて喜んでるとか、ブラコンの極みだな」

「お前なあ、僕は一応顧客だぞ」

「はいはい。失礼しました」

大して申し訳なさそうでもなく、央矩は茶をすすると、はー、と長いため息をついて立ち上がった。そろそろ次の客のところへ行かねばならないらしい。ネクタイを整え直し、美和子に「ごちそう様でした」と声を掛けると、用は済んだとばかりに帰ろうとする。

「待て待て、相談はまだ終わっていないぞ」

呼び止める清正に、「相談も何も」と央短は面倒くさそうに肩をすくめた。

「お前が弟離れすればいいだけの話だろ」

「どうやって」

「とりあえず禄之助くんのやることに口を出すな。自分で決めさせればいい。見合いのことも、跡継ぎのこともな」

「だが」

「『だが』も『だって』も禁止」

ビシッと清正を指差し、央矩は続けた。

「あのな、言っとくけど、このままじゃ絶対禄之助くんのためにならないからな。そもそもお前のそれは兄弟愛でもなんでもなく、依存だぞ」

「依存？」

「禄之助くんが傍にいないと落ち着かない。不安。一時も離れたくない。……全部当てはまるだろ」

考えるまでもなく、反論の余地はなかった。清正が唇を噛んで黙ると、央矩は目元を緩めて言った。

「束縛しすぎなんだよ。成人した兄弟がいつまでもベタベタしてるのなんて、俺からしたらうすら寒いわ。キヨは家に籠もってないでもっと他の人間に目を向けたほうがいい。お前こそ、本気で恋人でも作ったらどうだ」

そして、じゃあな、と清正の言い分を聞かないまま、央矩は椿家を去っていった。

「……依存、か」

誰もいなくなった玄関で、清正は呟いた。

このままでは禄之助のためにならないと言われ、ショックを受けないわけがなかった。今まで可愛い可愛いと甘やかしてきたが、それはいけないことだったのだろうか。

だが、禄之助はただ甘やかされていたわけではない。清正が厳しくするまでもなく、きちんと物事をこなしてしまうから、厳しくする必要がなかったのだ。それが他人から見れば異常なことだとしたら、自分はどこで間違えたのだろう。

襟《えり》の下にそっと手を忍び込ませると、指先にかさぶたが触れた。

間違い、とふと思う。

これが剝がれ落ちる頃には、また禄之助の欲情がやって来る。

「その相手も、いつか僕じゃなくなるのか」

そう考えて、ぐっと喉の奥が締めつけられる。自分の外にも出せず腹の中にも収まらず、中途半端に喉につかえたその感情をなんと呼べばいいのか、清正はまだ知らない。

だが央矩に言われた依存という言葉は、この感情にとても近しいように感じた。


禄之助が見合いを受けると言い出したのは、その数日後のことだった。

家族全員が揃った夕食の場で、あからさまにそわそわ返事を聞きたそうに落ち着かない両親に、禄之助が真面目な顔で言った。

「見合いの話ですけど、俺は受けてみようかなって思ってます」

ぎょっとして思わず「やめろ」と叫びそうになるのを、央矩の言葉を思い出して清正はなんとか押し止《とど》めた。

「そうかそうか。受けてくれるか」

「先方のお嬢さんも、最初は清正じゃなくて残念がってたみたいだけど、禄之助の写真を見て気に入ってくれたそうよ」

父が母と顔を見合わせて嬉しそうに頷いた。

「俺が養子だということは、向こうはご存知なんですよね？」

「そこを気にするような人間にはそもそもお前を引き合わせんよ」

言いながら父はちらりと清正のほうを見た。何も口を挟まないのを不思議に思ったらしい。母も不審に思ったらしく、清正の顔を覗き込んで「具合でも悪いの？」と訊いた。

「いや、僕が何か意見を言うことでもありませんから」

清正がしれっとそう答えると、禄之助まで不安そうな顔になって訊く。

「兄さん、頭でもぶつけたの？」

「失礼なやつだな。僕が何も言わないのがそんなにおかしいか」

「だって……、絶対に反対されると思ったから」

確かに、見合い話の出た当初は即座に反対もした。それなのにいきなり態度を改めるなど、おかしいと思われても仕方がない。が、央矩に言われてから清正はずっと考えていたのだ。何が禄之助のためになるのか、と。

もちろん、今までだって考えてはいた。しかしそれは自分の隣にいることを前提としたものばかりだったのだ。自分と離れることも視野に入れて考えてみたとき、清正は笑い出しそうなほど自分の存在が禄之助の邪魔になっていることに気がついた。

「僕もいい加減弟離れしないといけない。そう思っただけだ」

自分さえいなければ、禄之助はもっと自由だ。

彼女だってできるだろうし、父や母にだってもっと遠慮せずに言いたいことを言えるはずだ。

現に、禄之助は見合いを受けると言っている。どんな考えがあるにしろ、禄之助が自分の意思を示したのだ。清正に反対する権利はない。

「兄さん……」

複雑そうな表情で、禄之助が清正を見つめる。考えて考えて考えすぎて、もはや清正には禄之助の気持ちがわからない。

この表情は一体何を表している？

心配、不安、それとも兄からの解放の喜びだろうか。

一度自分の常識を疑ってしまえば、どんどん深みにはまっていく。

「じゃあ日取りを決めてしまいましょうか」

母がぱんっと手を打って、話を本題に戻した。

「俺はいつでもいいので、父さんと母さんに合わせます。よろしくお願いします」

畏《かしこ》まって頭を下げる禄之助に、「そんなに気負わなくても」と父が言った。

「もし気に入らなかったら遠慮せず断っていい。資金提供の条件はあくまで見合いだからな。結婚とは話が別だ」

「そうそう」

そう思っているのはこちらだけだ、と清正は胸の裡で呟いた。向こうはきっと、可愛い娘のために金までちらつかせているのだから、断られるとは微塵も思っていないだろう。

一度でも会ってしまえば断るのは大変だろうに、と清正が悶々とするのを尻目に、禄之助と両親の話は進んでいく。

「本当にどうしたの、兄さん」

夕食が済んで、自室に戻ろうとしたところで、清正は禄之助に引き留められた。

「どうしたって、何がだ」

白々しくわからない振りをしてみるが、禄之助には通じなかった。

「何が？　何がって、その変な態度だよ」

ずるずると引きずられ、禄之助の部屋まで連れて行かれる。疑うまでもなく怒りが見て取れた。

「誰かに何か言われたの？　それとも相談もなしに俺が決めたのが気に食わなかった？」

「……いや」

央矩の顔が浮かんだが、彼はただのきっかけに過ぎない。決めたのは清正自身だ。

「お前ももうすぐ大学を卒業する歳になったんだなと思ってな」

「それで？」

「それでって、だから、さっきも言ったとおり、お前が決めたことに僕がいちいち口を出すのもおかしな話だろう？　そろそろ自立させなければな、と」

「ふうん」

清正の手首を摑んだまま、禄之助はどんっと清正の身体を壁に押しやった。見上げれば、どこか不満そうに禄之助が口角を下げていた。

いつもにこにこしているせいで、精悍なのに草食系、とからかわれることは多々あるが、それはただ単に生えている牙を清正以外に見せていないだけだ。

いい子には違いないけれど、禄之助はぶつぶつ文句だって言うし、意地の悪いことだって言う。からかうようなこともするし、それに——と、禄之助の一番男らしい姿を想像しそうになって、清正はさっと視線を逸らした。

「お前こそどうしたんだ。僕に反対して欲しかったのか？」

「そうじゃないけど」

「じゃあなんでそんな顔をする」

「……わからないならいい」

摑んでいた手が解かれ、代わりにこてん、と禄之助は額を清正の肩に置いた。じわりと熱が伝わる。ぐりぐりと額を押しつけられ、不貞腐れているのがわかった。だからつい、清正は甘やかすようにその髪を撫でた。

「どうした？　やっぱり嫌なのか、見合い」

「別に。会ってみて嫌なら断ればいいし」

「嫌じゃなかったらそのまま結婚するのか」

「……まあ、そうなるのかな」

ぱっと顔を上げ、禄之助が清正を覗き込む。そしてふいに清正の首元に手を遣ると、ぐいっと襟を引っ張った。

「痕、消えるまでにもうちょっとかかりそうだね」

つ、と指先が剝がれかけのかさぶたを掠《かす》め、びくりと清正は身をすくめた。

「まだそれほど溜まってないだろう」

「まあね。早い気もするけど、兄さんの匂い嗅いだら思い出してムラムラしてきた。勃起しそう」

「何言ってるんだ……んっ」

清正が手を払おうとすると、その前に禄之助が傷痕をべろりと舐めた。甘い吐息が零れ、恥ずかしくなって唇を噛む。すると、それを咎《とが》めるように禄之助が言う。

「噛んじゃダメだよ。兄さんは皮膚が薄いんだから。ほら、血が出てる」

「お前がそれを言うのか」

「それもそうだね」

すんすんと耳の裏の匂いを嗅がれ、股間が押しつけられる。まだ溜まってないんじゃなかったのか、とツッコミを入れる間もなく、清正はひょいっと抱え上げられ、次の瞬間にはぼすんと布団の上に落とされていた。

はあはあと荒い息が鎖骨を辿《たど》り、太い指が邪魔だとばかりにシャツのボタンを引きちぎる。

「禄之助、父さんも母さんもまだ起きてるんだぞ」

こうなってしまっては止めようがないのはわかっていたが、一応清正は止めてみた。しかし、もちろん聞く耳など持っておらず、禄之助は黙々と本能のままに清正の身体にむしゃぶりつく。

もし、見合いがうまくいったなら。この役目はあの娘がすることになる。

今までぼんやりだった〝いつか〟〝誰か〟が、写真を見たことで具体的にイメージされる。

それはとても現実的で、そして健全な光景だった。

嫌だなあ、と清正ははっきりと思った。

決心をしたばかりなのに、禄之助と離れるのも、この役目を譲るのも、嫌で嫌で仕方がない。

どうしてこんなにも嫌なのだろう。たとえ禄之助が結婚したとしても、兄弟の絆《きずな》は決して切れることはないはずなのに。

理由のわからない拒絶感が胸の中を蝕《むしば》んで、清正はひどく混乱した。

「禄之助」

助けを求めるように、手を伸ばす。必死に乳首をしゃぶっている禄之助の頭をぎゅっと抱え、今はただ快楽に身を委ねることにして、清正は目を閉じた。


またタイミングを逃した、と清正はパソコンのモニターを見ながら舌打ちをした。昨日まで順調に伸びていた某社の株が急落していて、売り時を完全に逸していた。

「クソッ、これじゃ大損だ」

これ以上下がる前に、と早々に持ち株を手放して、ぐったりと背もたれに体を預ける。

ここのところ勘が鈍《にぶ》っている、と自分でも気がついているし、その原因が何かというのも見当がついている。

禄之助だ。

流されるまま、いつものように太腿を貸してしまったが、行為が終わったあとからじくじくと清正の心は気持ち悪く痛みっぱなしだった。

このままではいけない。禄之助が自立するためには、突き放さなくてはいけない。金輪際ああいうことはしないと伝えればいいだけのことだと頭ではわかっているが、清正はそれを禄之助に伝えることで、何かが途切れてしまいそうな予感がしていて、実行に移せずにいた。

治り切っていなかった傷痕を再度嚙まれ、そこはまたひりひりと新鮮な熱を帯びている。

「自分がこんなにも優柔不断だったとはなあ」

あー、と無意味な音を発しながら清正が椅子をぐるぐる回していると、トントン、とドアがノックされ、「清正坊ちゃん、お昼の用意ができましたよ」と美和子の声がした。

「ああ、すぐ行く」

椿家の外観は和風だが、玄関と風呂、それから一階の客間以外は基本的に洋風で、清正の部屋も鍵の掛かる十畳ほどの洋室だ。必要なものさえあればいい、という物欲のなさのせいで、清正の部屋にはシンプルな木製の本棚とパソコンデスクくらいしか家具がない。

ガチャリと鍵を開けて廊下に出ると、待っていた美和子がひょいっと部屋を覗いた。

「お布団がまだ畳まれていませんけど」

「あとで畳む」

昔からベッドが苦手で、いつも布団を敷いて寝ているのだが、こうして美和子がちくちくつつかなければ、面倒くさがって万年床だ。

「いけません。敷きっぱなしだとこの時期は特にカビが生えるんですから」

「ああ、はいはい。今すぐ畳む」

「次の晴れの日には干しますからね」

「はいはい」

「はいは一回ですよ、清正坊ちゃん」

美和子に監視されながら布団を畳み、これで文句はないだろうと窺《うかが》うと、「よろしい」と目尻にしわを溜めて美和子は頷いた。

「清正坊ちゃんは言ったら素直に行動してくださるので助かります」

「それはどうも」

「禄坊ちゃんのように言う前に行動してくださったらもっと助かるんですけど」

思いがけず禄之助の名前が出て、清正はきゅっと唇を引きしめた。そして美和子についいて階段を降りながら、訊く。

「なあ、美和子。禄之助のことをどう思う」

「どうとは？」

いきなりどうしたんだと言わんばかりに、振り返った美和子の目は疑問に溢《あふ》れて清正を見つめる。

「だから、人間性というか、他人から見て禄之助はどういう男だ」

「そうですねぇ」

小首を傾げ、美和子は足を止めることなくダイニングのほうへ歩いていく。

「どこに出しても恥ずかしくない、ご立派な方ですね。清正坊ちゃんより社会性もありますし」

「それは知っている。そういうことじゃなくて、もっと具体的に」

乱暴に椅子を引き、清正は席に着く。清正の様子がいつもと違うとわかると、美和子は宥《なだ》めるように「少し待ってくださいな」と言い置いてキッチンに引っ込むと、しばらくしてオムライスと冷たいかぼちゃスープをトレイに載せて戻ってきた。自分の分もテーブルに置き、清正の正面に座る。両親がいないときは、美和子はこうして一緒に食事をとることにしている。

「禄坊ちゃんにお見合いの話があるから、気になるんですか」

「ああ、まあ」

清正が頷くと、美和子はなぜか少し悲しそうな顔をして言った。

「禄坊ちゃんは清正坊ちゃんの弟でもありますけど、息子のようなものでもありますしねぇ。不安になる気持ちはわかりますよ。向こうのお嬢さんにちゃんと気に入っていただけるかって」

「は？」

不安はある。が、美和子の言うようなことではない。清正はスプーンを動かそうとしていた手を止めて、美和子を睨む。

「禄之助が気に入られないわけがないだろう」

「じゃあなんで訊いたんですか」

「それは……」

答えかけ、しかし清正自身にも一体なぜそんなことを訊きたかったのかわからなくなる。ただふと、自分以外の目に禄之助がどう映っているのか知りたかっただけのような気もする。

「お寂しいんですか」と美和子が訊いた。

「禄坊ちゃんが誰かのものになってしまわれるのは」

「そうだな。その日を想像して胸が痛むほどには」

冷めますよ、と言われ、清正はようやくオムライスに口をつける。美和子のオムライスは、チキンライスを薄く焼いた玉子で包んだ昔ながらのオムライスだ。禄之助の好物で、何が食べたいと訊かれたら毎回「オムライス！」と答えていた幼い声が耳に蘇る。

「これは兄として正しい心の痛みか。世の兄というのはこんなにも苦しい想いをしているものなのか」

清正が顔を顰《しか》めて問うと、美和子は緩く首を振った。

「普通、ではないかもしれませんね。清正坊ちゃんは禄坊ちゃんを溺愛されていますから。兄弟というより、恋人かと思うくらい。まあ、愛情が多いのはいいことですよ」

ふふっと冗談めかして笑う美和子だったが、耳が「恋人」という単語を拾った途端、清正はなんとも言えない羞恥を感じて顔を伏せた。

禄之助の噛み痕が、熱くなる。それに気づかないまま、美和子は続ける。

「でもいつかは手を離さなくてはいけませんね。兄弟というのは、そういうものです」

「そうか」

そのあと、清正は黙々と食事を続け、午後からはふらりと散歩に出かけることにした。家に籠もっていては延々と禄之助のことを考えてしまいそうで、気分転換がしたかったのだ。

しかし、梅雨が明け陽射しが強くなった七月下旬、首を隠すために上まできっちりボタンを留めた服では歩き回るには暑すぎた。清正は十分ほどで音を上げ、近くの喫茶店に逃げ込むと、窓際の席でぼうっと外を眺めながら注文したアイスティーを待つ。

と、そこで見覚えのある顔が目の前を通り過ぎようとする。コンコン、とガラスを叩くと、しんどそうにハンカチで汗を拭って歩いていた央矩が清正に気づいて足を止めた。

「よお」と口だけで挨拶《あいさつ》すると、央矩はラッキーと言わんばかりに元気な顔になって喫茶店へ飛び込んできた。

「ちょうどよかった。まさかこんなところでキヨに会えるとは」

「サボる口実ができたって？」

「いや、お前んちに行こうとしていたところだったから」

「しばらく会う予定はなかったはずだが」

「お前んとこのマンションのひとつが区画整備の範囲にかかりそうだから、そのお伺《うかが》い」

「ああ。なるほど。ご苦労なことだな」

「ほんとだよ。労《ねぎら》ってここはお前の奢《おご》りな」

こんなことを言いつつ、央矩が清正にたかってきたことは一度もない。結局会計のときはスマートに央矩が財布を出す。「美和子さんの飯食わせてもらってるから」と。

央矩はアイスコーヒーを注文すると、しばらく悩んだあと、他にも甘ったるそうなチョコレートケーキといちごパフェを追加で頼んだ。そしてやって来たチョコレートケーキを清正に差し出す。

「どうせ午前中は頭使ってたんだろ。糖分取っとかないと、倒れるぞ」

「ああ、すまん」

昼食を取ったばかりだったが、央矩の言うとおり脳が甘いものを欲していたらしく、舌に乗るケーキの甘さが心地いい。

図面を広げて仕事の話を少しして、それが終わると央矩が訊いた。

「禄之助くんの見合い話、どうなってる?」

それから逃れたくてここに来たのにな、と苦笑し、清正は答えた。

「見合いをすると禄之助が決めた」

ふうん、と意外そうに目を瞬かせ、央矩がおかわりしたアイスコーヒーを一口飲む。

「お前は反対しなかったのか、今度こそ」

「お前が言ったんだろう。口を出すなと」

「まさかちゃんと守れるとは思ってなかった」

「馬鹿にして」

「いや、感心してるんだよ。成長できるもんだなって」

「僕だっていつまでも一緒にいられるはずがないとは思っているんだ」

「禄之助くんと?」

「ああ」

平らげたケーキ皿を、店員が下げる。カチリと音を立てたフォークを見るともなしに見送って、清正は訊いた。

「なあ、チカ。僕はおかしいか」

何が、と目だけで央矩が問い返す。

「禄之助が誰かと結婚することを考えると、ギリギリと胸が締めつけられる。どこにもやりたくないし、僕だけが独り占めしていたい。寂しいとかそういうのじゃなくて、嫌なんだよ、単純に」

「お前、それは……」

央矩は一度言い淀んでため息をついたあと、言い聞かせるようにゆっくりと言った。

「所有欲じゃないのか。大事なペットが他人に取られるのが嫌だっていうのと同じレベルの」

「禄之助はペットじゃない！」

「それはそうだ。でもな、ペットだと思ってなくても、所有欲ってのはあると思うぞ。所有欲というか、そうだな、執着心。あるいはライナスの毛布」

何かに執着することで安心感を得るという代表的な心理学的メカニズムの例を央矩が挙げた。

「お前らはずっと離れずに一緒に生きてきたわけだろ？　離れたことがないから、一緒にいて当たり前な日常を壊されるのが怖いだけじゃないのか」

そうではないのだ、ともやもやとしたこごりが腹の中に溜まっていく。だが、それをどう言葉にしていいかわからず清正が黙り込むと、央矩は食べかけのパフェを清正のほうへずいっと押しやった。食べ切れないから食えということらしい。

「安心しろよ。兄弟なんだから、離れても心は繋がってるさ」

使い古された歌詞のような言葉に、清正は心底呆れて鼻で笑った。

「はっ、随分クサい台詞だな」

「まあ、喉元過ぎればって言うし、とにかくお前はそのまま静観してろよ。大丈夫。きっと慣れる」

励ますように大きな手が伸びてきて、清正の肩を叩く。

「ああ」と頷きつつ、だが清正の心中は曇ったままだった。

仕事に戻るという央矩と別れて、清正は残されたパフェをひとりで片付けはじめる。生のいちごは央矩が食べてしまっていたので、底に溜まったフレークと溶けたアイスをぐちゃぐちゃに混ぜてから掬《すく》う。

こんなふうに混ざってしまえば、もう別々に戻すのは不可能だよな、と清正は片頬を吊り上げる。

自分と禄之助もこんなふうに混ざってしまえば離れずに済むのに。

物騒なことを考えているな、と自分でも思う。だが、相談したのにまったく心が晴れないのは、解決策に納得できていないからなのだろう。

清正が欲している言葉を、美和子も央矩も決して口にしない。お前の言うことはもっともだ、禄之助は見合いなんてするべきじゃない、と。

相談したかったのは、結局は誰かに自分の考えを肯定して欲しかったからなのだ。

自分の意志の弱さに辟易《へきえき》する。じわりと涙腺を押し上げる涙を堪《こら》えていると、「やっぱり」と上から声が降ってきた。顔を上げる前に、視界に見慣れた男らしい大きな手のひらが映り込む。

「兄さんだ。珍しいな、こんなところにひとりで来るなんて」

「禄之助」

今しがた考えていた人物が目の前に現れ、清正は驚いた。

「大学は？」

「午後から休講。暑いしアイスでも買って帰ろうかと思ってたんだけど」

向かいに腰を下ろし、お冷を持ってきた店員に禄之助はメニューも見ずにアイスココアを頼む。

「ここよく来るのか」と清正は訊いた。

「え？　ああ、うん。たまに友達と」

「へえ」

高校までは何度か家に禄之助の友達が遊びに来たことがあったし、その友達とも顔見知りになっていたが、実のところ清正は禄之助が大学に入ってからの交友関係をよくは知らない。

それなのに彼女がいないと断定できるのは、ただ単にクリスマスや禄之助の誕生日に出かけたりだとか、朝帰りしたりしてくることがないからだ。

それに、彼女がいたらそもそも自分など相手にしないはずだ。それを思い出し、かあっと清正は頬を染めた。

「兄さん、どうしたの？」

前髪を払いのけ、禄之助が清正の顔を覗き込む。

「い、いや、なんでもない」

艶々の黒髪、宝石のように美しい灰色がかった瞳に、すっと高い鼻梁《びりょう》。端整な顔が近づいて、どくどくと鼓動が苦しくなる。ずっと見てきたはずなのに、わかっているつもりだったのに、今さらまたはっとする。可愛いだけではなく、禄之助はいつの間にかこんなにも男前になっていた。

「最近変だよな、兄さん」

「え、そうか？」

「うん」

言われるまでもなく、禄之助に対する自分の態度が変化したことは承知だ。何か言う前に一呼吸置かないと、また欲望のままに「見合いなんてするな」と言ってしまいそうになる。

弟離れしなければと思えば思うほど、いつもどおりではいられなくなる。理性と感情が喧嘩《けんか》して、叫び出しそうになる。

「なあ、禄之助」

「何？」

「お前、どうして見合いなんてする気になったんだ。……あっ、反対してるとかじゃなくてだな」

慌てて付け足すと、禄之助がくすりと笑った。

「嫌だって顔に書いてあるけど」

「真面目に」

茶化すなと釘を刺せば、禄之助は咳払いをしてから声を潜《ひそ》めて言った。

「最初は断るつもりだったんだ。結婚なんてまだ全然考えられないし。でも、父さんの気持ちを聞いて、なんかしっかりしなきゃなって改めて思ったっていうか」

「跡を継ぎたいのか、お前は。今まで会社になんて興味を示さなかったくせに」

清正が訊けば、禄之助は複雑そうに苦笑した。

「俺は養子だから」

「それは、」

「わかってる。関係ないと思ってくれてるのは知ってる。分け隔《へだ》てなく育ててくれたことにも感謝してるし、本当の家族だって信じてもいる。だけど俺の心の中にはどっかに『自分は違うんだ』って想いがあって、だからあのとき父さんが俺にも跡を継ぐ道があるって示してくれて、嬉しかったんだ」

「だから見合いを？」

「俺で役に立つならね。それに、今回受けなかったとしても、跡を継ぐなら結婚は必須だろ？　いつかはしなくちゃいけない」

「好きでもない相手とか」

清正が言うと、ふっと乾いた笑いを零し、禄之助は俯いた。

「俺は父さんと母さんに恩返しがしたい」

「それだけのために身を差し出すのか？」

「いけないことだと思う？」

視線を上げ、灰色がかった目が清正をじっと見つめる。

気持ちはわかる。が、今の禄之助の言い分だと、やりたくないことを進んで引き受けるだけのようにも聞こえる。

「僕は、禄之助が本当にやりたいことをやって欲しい。恩を返すなんて、それこそ家族のあいだですることじゃない。お前が本当にやりたいことをやったほうが、きっとふたりも喜ぶ」

「そうかな」

不機嫌にテーブルを叩く指と、納得していない冷たい相槌《あいづち》に、これ以上は何を言っても無駄だと清正は思った。それと同時に、禄之助が自分から離れようとしている気配も感じてしまった。口を挟むな、と頭の中で央矩の残像が言う。

残りのパフェを掻き込むように食べ、アイスココアを飲む禄之助から視線を逸らして、とりとめのない会話をする。

「昼は食べたのか」

「うん」

「そうか、もうちょっと早かったらな。今日はオムライスだったのに」

「そうなんだ。まあ、学食で玉子丼食べたし、似たようなものだね」

美和子の作るオムライスが大好きだったはずなのに、さして羨《うらや》ましそうでもない返答に、ああ、と清正は泣きたくなった。どうでもいいことに気づいて、簡単に傷がつく。自分はこんなにももろかったか、と自分のほうが禄之助よりよっぽど子どもに思えて情けなくなる。

アイスココアを飲み終えた禄之助が立ち上がり、清正に帰ろうと促す。レジに向かうと、清正の分は央矩がすでに支払っていたらしく、アイスココアの分だけ請求された。

「あれっ、兄さんのパフェは？」

「ああ、お前が来るまでチカがいたんだ。あいつが払ったんだろう」

「そうなんだ」

ぴくぴくと頬を引き攣《つ》らせ、禄之助が背中を向ける。

「どうした？」

「ううん、なんでも」

がっしりと逞しい体軀《たいく》だが、禄之助からは滅多に威圧を感じない。だがたまにこうして不機嫌になると、体軀に相応しいほどの凄みが出ることがある。そしてその原因は往々にして央矩だ。

「なんでもないってことはないだろう。お前は本当にチカが苦手なんだな」

「あの人、なんか胡散《うさん》くさいんだよ」

「何度か顔を合わせたことがあるだけだろう」

「笑顔が怖い」

「まあ確かに」

客応対用の満面の笑みを見たことがあるが、普段の毒舌を知っているだけあって禄之助の言うとおり、怖いといえば怖い。

「で、家じゃなくてここでなんの話をしてたわけ？」

「たまたま会って、ついでに仕事の話をしただけだ。うちのマンションが区画整備エリアに入るかもしれないから立ち退きがあった場合どうするか、とか」

ほら、と受け取った図面を見せると、禄之助は自分から訊いたくせに「ふうん」とどうでもよさげに頷いた。ちょっと前なら、ここで「不貞腐れるなよ」と抱きしめてくすぐっていたところだが、今はとてもそんな気分になれなかった。

じわじわと照りつける太陽の下、ふたり並んで家まで歩く。禄之助と話すのに緊張などしたことがなかったのに、清正は何を話していいかわからなくて、「暑いな」としか言えなかった。家までの道のりが、とても長く感じた。


「おにいちゃん、ごほんよんで」

興奮した様子でたしたしと床を叩きながら、禄之助はよく清正に絵本を読んでくれるようせがんだ。きらきらとした瞳で乞《こ》われれば当然清正は断れるはずもなく、どんなに忙しくとも常に禄之助を優先させた。

リビングのソファに座り、自分よりも体温が高く子ども特有の甘い匂いのする禄之助を膝に乗せ、絵本をめくる。

読んでいる最中、時折脅《おど》かすように声を低くして抱きしめると、禄之助はきゃっきゃと楽しそうな声を上げて喜んだ。

頬に触れるやわらかい肌の感触と、くすぐったさに細められる目。そしておいしそうなパンの絵に、思わず清正の腕に齧《かじ》りついた歯の痕。

「何か考え事？　兄さん」

まだ血の滲《にじ》む新しい傷痕に犬歯を突き立てながら、禄之助が訊いた。

「ん、お前も大きくなったなって」

無邪気だった子ども時代の面影は、すっかり成長し切った禄之助には見当たらない。

つい先ほど喫茶店から帰ったばかりだ。入れ違いに美和子が買い物に出かけた途端、禄之助はいきなり清正を自室へと連れて行き、布団に押し倒した。

「この前処理したばかりだろう」

突然どうしたと抵抗する清正の服を唸りながら剝ぎ、「知らない」と吐き捨てる。

「この頃欲求不満なんだ。助けてよ、兄さん」

興奮に語気を荒らげて、自らも服を脱ぎ捨てていく。

乞われれば、断れない。長年染みついた清正の習慣が、決意ひとつで止められるはずもなく、弱々しい抵抗のあと、清正はいつもどおり禄之助に身を任せることにした。

あくまで、これはセックスの真似事だ。実際にしているわけではないのだから、と深く考える前に思考を手放し、獣の交尾のように四つん這いになり、禄之助を受け入れるためにきゅっと太腿に力を入れて、閉じる。

「ここも大きくなったでしょ」

「あ……っ」

ぬるりと先端が隙間に挿し込まれ、清正の陰嚢を擦る。太腿の内側に、どくどくとこれ以上ないくらいに興奮した脈動が伝わってくる。

背中から覆いかぶさられ、首には清正の動きを縫いとめるような歯牙。

互いの先走りでぬとぬとと糸を引きはじめた頃、禄之助の動きが速くなった。そこにあるはずの膨らみを求めるように清正の胸を揉みしだき、やわらかさがないとわかれば執拗《しつよう》に尖った先端を捏《こ》ね回す。

いつ美和子が買い物を済ませて帰ってくるかわからない中、清正は禄之助から与えられる快楽に溺れまいと必死に声を押し殺す。

ごりごりと裏筋を擦られ、一回り大きな禄之助の亀頭が清正のカリを引っ掻く。だがその刺激だけではもどかしく、達せられそうにない。

清正が自分で手を伸ばして慰めようとしたそのときだった。

「清正」

耳元で禄之助が呼んだ。兄さん、ではなく、清正、と。

「え……？」

思いがけず甘さを含んだその声に、そして呼ばれ慣れない言い方に、清正はひどく動揺した。

「あ……」

そしてその動揺は全身に広がり、尾骶骨《びていこつ》を甘く疼かせた。一際強く押しつけられた性器に、清正は感じたこともないほどの快感を覚え、気づけば自ら慰める前に、とろとろと白く濁《にご》った粘液を吐き出していた。

ほどなくして同じように飛沫《ひまつ》を散らした禄之助は、幾分か冷静になった顔で服を整えると、放心してぐったりとした清正の身体を濡れタオルで清め、噛み痕に消毒液を染み込ませたガーゼを押し当てながら謝罪した。

「ごめん。痛くない？　大丈夫？」

「ああ」

じんじんとした痛みはある。だが我慢できないほどではない。

「今度こそ痕になるかな」

禄之助がぽつりと呟いて、後ろからこつんと額を清正のうなじにぶつけた。

「女じゃあるまいし、痕くらいついたって構わない。それより、お前こそ本当に大丈夫か？　欲求不満なんて……」

清正も禄之助もあまり性欲は強いほうではない。清正は思春期のときでさえ月に数度自慰をすれば事足りていたし、禄之助も思春期は多くて週に一回我慢できなくなれば多いくらいだった。それも過ぎてここ数年は落ち着いたようで、二週に一回あるかないかだ。

それなのに、最後にしてから数日しか経っていない。今までこんなふうに強引にされたことはほぼなくて、だからこそ清正は心配なのだ。何か禄之助の身体、もしくは精神に不調が起きているのでは、と。

見合いがプレッシャーになっているのかもしれない。

自分で決めたこととはいえ、本当は見合いなどしたくないのではないか。会ってしまえば婚約までこぎつけられてしまうのではという不安があるのではないか。

そう感じるのならやめてしまえと、口を挟みたくて仕方がなくなる。

――禄之助が煩《わずら》わしさを覚えないように、少しでも不自由のないように。

もはやそれを理念に行動することが、清正の人生だった。

今さらその気持ちを抑えようとするには、かなりの忍耐力がいる。何もせずに見守るのはずっと大変なことだ。

養子であることを理由に、禄之助がいじめられたときもそうだった。

彼が小学校に入学してすぐの頃だ。

それまでは家で美和子やベビーシッターが世話をしていて、清正も学校が終わればすぐに帰って禄之助の面倒を見ていたため、禄之助は幼稚園には行っていない。遊び相手といえば五つ上の清正か、八つ上の美和子の娘くらいで、清正にちっとも似ていない禄之助を変だと揶揄《やゆ》する者はいなかった。

同じ小学校に通うことになり、清正は浮かれに浮かれていた。可愛い義弟をようやく皆に自慢できると。清正はそれほど純粋に、禄之助の見た目が自分や両親と違うことは彼の長所としか捉えていなかったのだ。血の繋がりなど清正には些末なことでしかなかった。

だが、実際の世間の反応は違った。禄之助が養子と知るや否や、好奇の目で見る者、嫌悪する者――気にしない者も中にはいたが、素直な子どもたちはひとりが「変だ」と言えば同調して「変だ変だ」と禄之助を責め立てた。

どうしてそんなことを言われるのかわからないと泣き喚《わめ》く禄之助を見て、清正は自分のこと以上に傷つき、そして憤った。

禄之助のクラスに乗り込んでいくと、まず担任に教育方針を問い質し、からかった禄之助のクラスメイトにくどくどと説教をした。決して手は上げなかったが、鬼気迫る様子の上級生に、ほとんどの子がわんわんと泣き出した。それを見て清正はさらに重ねた。

「お前たちは僕以上に怖いことを禄之助にしたんだぞ。反省しろ」

果たしてそれが功を奏したのか、それ以降禄之助が変だと謗《そし》られることはなくなった。そして徐々に緑之助の実直な人間性がわかってくると、禄之助が養子であることを気にする者は減っていった。今ではむしろ、その人の好さと容姿の美しさに寄ってくる者のほうが多いくらいだ。禄之助本人も、てっきりもう気にしていないのだと清正は思っていた。

だが、喫茶店で思わぬ本音を聞いてしまい、ずっと悩んでいたことを知ってしまった。

それに加えて欲求不満になるなど、いつもと違う禄之助を思うと清正は胸を痛めずにはいられない。

また禄之助が自分で解決しようとする前に、手を差し伸べてやりたくなる。

「何か困っていることがあるんじゃないか。何かあるならすぐに相談してくれ」

首に添えられた武骨《ぶこつ》な手を握り、清正はじっと禄之助を見上げた。ふ、と目が合った途端、禄之助が顔を歪《ゆが》めて笑った。

「兄さんはちょっと人が好すぎるよ」

「え？」

「そういうところ、心配だな」

「今はお前の心配をしているんだぞ」

「俺は大丈夫だよ。自分の身体のことだ。欲求不満の理由もなんとなくだけど見当はついてる」

「病気とかじゃないだろうな」

「違うよ。俺は至って健康」

「そうか。ならいいんだが」

すりっと禄之助の手が清正の手に触れる。そして甘えるように、禄之助は清正の身体を後ろからぎゅっと抱きしめた。頰と頰がくっつき、じんわりと熱が伝わる。やわらかさの減った、男の皮膚の感触。触れたのとは反対の頰を、清正は撫でた。

すっぽりと自分を覆う逞しい身体。抱きしめる側が、いつの間にか抱きしめられる側になっていた。

清正に相談せずとも、禄之助は自分自身の力ですべて解決できる。頼られないこと、なおかつ秘密にされたことで、それを悟った。

もう幼い頃の禄之助はいない。守ってやらなければならない子どもは、どこにもいない。それに悲しさを覚え、そして央矩の言ったことが正しかったのだと清正はようやく認めた。

これは所有欲だ。自分は幼いままの禄之助を、ずっと閉じ込めておきたかった。

自分しか見ないようにしたかったのだ。結局は全部浅はかな自己満足だ。禄之助のためと言っておきながら、清正は禄之助の自由を奪い続けていた。それを不自由だと禄之助が感じるかどうか以前に、世界が広いことを教えもしなかった。

知らないものを、禄之助がねだれるわけがなかったのに。

「大丈夫。俺、兄さんが自慢できるような立派な男になるから。でも、もし結婚しても兄さんが一番大事だってことは、変わらないからね」

「禄之助……」

喜びかけた自分を、清正は律した。結婚して家庭に入れば、一番はその家族だ。それを間違えさせるわけにはいかない。

巣立ちのときだ、という予感が、唐突に胸を貫いた。

――今ここで言わなければ、もうこの激しい衝動は永遠にやって来ないかもしれない。

「僕が間違っていた」と、清正はそっと禄之助の身体を押し返した。立ち上がり、シャツを羽織る。

「……こうなっても、僕はもう相手をしない」

「兄さん……？」

「彼女でも見合い相手でも、好きになれそうな人を見つけろ。それで、その人にやってもらえ」

顔を見たら決心が揺らぎそうで、清正はそっけない振りでボタンを留めることに集中した。

「そもそも本来兄弟でやることじゃない。そんなこと、お前が知らないわけがなかったんだ。もういい歳なんだから、彼女のひとりやふたり作ったってよかった。僕が過保護だったから、お前は遠慮してつくらなかったんだろうがな」

「そんなことは、」

「あるんだよ。僕はお前の性癖を歪めてしまった。兄弟に対して欲情するなんて、おかしいことなんだぞ。……こんなことになるのなら、最初から止めておけばよかった」

言葉を並べるたびに、清正は自分が傷ついていくのがわかった。が、これ以外に方法がない。きっぱりと言わなければ、きっとまたずるずると禄之助に流されてしまう。いっそ嫌われるくらいの、と考えて、またさらに胸が痛む。

「でも、どうして今さら」

納得いかないように、禄之助が清正の腕を取って振り向かせようとする。それをやんわりと払いのけ、清正は言った。

「チカにも言われたんだよ。弟離れしろと」

「二宮さんに？」

禄之助が硬い声で訊く。

「そうだ。僕もそろそろ禄之助以外の人間に目を向けるべきだ、とな。僕もそのほうがいいと思う。面倒がってばかりいないで、恋人を見つけるなりして、弟離れしなきゃいけなかったんだ」

「それで、二宮さんのところに行くの」

「なんでだ？」

意図がわからず、清正は首を傾げる。

「チカのところへ行ってどうする」

「……ああ、そう」

拍子抜けしたように禄之助は手を引っ込め、それから一拍置いて、うん、と頷いた。

「兄さんの考えはわかった。でも、他人にどう言われようが、俺たちには関係ないことじゃない？」

落ち着いた声で、禄之助が言った。我慢できずにちらりと窺い見ると、しかし声とは反対に精悍な顔に翳《かげ》が差し、落ち込んでいるのがわかった。突然の突き放すような清正の態度に、憂鬱《ゆううつ》になるのは理解できる。

だが、ここで取り消せばふりだしに戻ってしまう。慰めてやりたいのをぐっと堪え、清正は言った。

「いや、もう決めた。しばらくはつらいかもしれないが、死ぬわけでもないだろう。お前ならすぐに彼女のひとりやふたりできるさ。自慰だって、根気強くすればひとりでできるようになる。本来はそういうものなんだから」

恐る恐る笑顔をつくり、清正は励ますように禄之助の肩を叩く。うまく笑えているだろうかと、そんなことばかりが気になって、清正はこのとき禄之助がどんな表情をしていたか、よく見ていなかった。

＊＊＊

とうとう清正が気づいてしまった。いや、気づいたというよりは、見切りをつけたと言ったほうが正しいだろう。

「面倒がってばかりいないで、恋人を見つけるなりして、弟離れしなきゃいけなかったんだ」

そう言われた瞬間、禄之助は心の深部が熱を失い、しんと冷めていくのを感じた。

今まで隙間なくくっついていたものがべろりと剝がれ落ちたような、あるいは突然オアシスもない広大な砂漠に放り出されたような虚無《きょむ》感に襲われ、禄之助は動揺に視線を泳がせた。

どうしてこうなってしまったのだろう。自分の目論見は間違っていたということだろうか。

義兄のことを愛していると気づいてから、禄之助は清正にもっと好かれたいと全身全霊で自慢できる人間になれるよう生きてきた。品行方正で賢く、誰からも慕われる存在となり、見た目も振る舞いも洗練されたものになるよう努力した。

おかげで清正の溺愛は他人の目から見ても明らかで、成長した今でもブラコン兄弟と言われるほどに仲睦《なかむつ》まじいままだ。

しかし、いつまで経っても可愛い義弟のままであることに、禄之助はもどかしさも覚えていた。

このままでは一生を義弟というポジションで終わってしまう。

それに、今は禄之助が一番だと豪語する清正に、これから愛する人が現れないとも限らない。その恐怖に、禄之助はいつも怯《おび》えていた。清正が他の人間に目を向けるわけがないと思いながらも、その自信の根底は常にぐらついていた。それゆえ禄之助は清正に群がる人間に攻撃的にならざるを得なかった。

清正の義弟だけではなく、恋人としての肩書きが手に入れば、もっと堂々と清正に伸びてくる邪魔な手を撥《は》ね除けられるのに。自分だけのものだとはっきりと言えるのに。

これから死ぬまでのあいだ、ずっと嫉妬心に駆られ、これまでのように清正と親しくなる人間を潰していくのかと思うと、いつからか途方もない虚《むな》しさに包まれるようになった。

それに、そんなことを続けても、禄之助だけでなく清正も幸せになれないのではないか。

だったら、と決意を固めたのは、大学に入ってしばらくしてからのことだった。

就職の話が周りから漏れ聞こえるようになり、自分が急速に大人になるのだと実感したあの頃、禄之助は決めた。

このままではダメだ。ただの可愛い義弟ではなく、ひとりの男として、清正に意識してもらわなければ。そして大学を卒業し、社会人になったら告白して、自分の本当の気持ちを知ってもらう。

玉砕する可能性は十分にある。清正の信頼を失って、義弟ですらいられなくなるかもしれない。

だが、禄之助が欲しいのは、清正のすべてだ。

欲張りだと思われるかもしれない。壊れる可能性があるかもしれないのに手を伸ばすなんて、愚かだと笑われるかもしれない。

けれどそれほどに、禄之助は清正を愛している。どうしようもなく好きで、大好きで、だからこそ現状に満足できない。

もしこの手を取ってくれるのなら、禄之助のすべてを清正に捧げる覚悟だ。

――清正を幸せにするのは、俺がいい。

そこへ、偶然見合いの話が持ち上がった。そのときの清正の反応に、禄之助は少し期待した。清正が、ようやく禄之助がひとりの男であることを、兄弟というのはいつか道を違えるものだということを意識して、動揺を見せたのだ。

これは見合い相手に嫉妬してもらえているのでは、と禄之助の心は浮上した。これをきっかけに、関係性が禄之助の望む方向に傾いていってくれるかもしれない。兄弟以上に進展するかもしれない。

——それなのに。

……こういう変化は望んでいなかった。

自分も禄之助以外の人間に目を向けてみる、恋人を見つけるなどと言い出す始末で、これではなんのために自分が見合いを引き受けたのかわからない。

——兄さんは俺のものなのに。

禄之助は駄々っ子のような仄暗《ほのぐら》い感情を呑み込もうとして、眉間にしわを寄せた。

「いや、もう決めた。しばらくはつらいかもしれないが、死ぬわけでもないだろう。お前ならすぐに彼女のひとりやふたりできるさ。自慰だって、根気強くすればひとりでできるようになる。本来はそういうものなんだから」

清正が言った。

だが、禄之助にとって清正以外はすべて路傍《ろぼう》の石だ。

肩を叩いた清正の手を握り、自分のほうへと引き寄せる。そして清正がおそらく一番言われたくないであろう言葉を、その耳に囁《ささや》いた。

「……まだ結婚が決まったわけでもないのに、兄さんは苦しんでる俺を見捨てるの？」

清正の身体が、ぴくりと震えた。こうでも言わなければ、清正は去ってしまう。それだけは嫌だ。清正を責めるようなことは言いたくなかったが、致し方ない。

「そ、そんなことは」

「でも、そういうことだろ? 相談に乗るって言ったその口で、突然俺を突き放すようなことを言うんだから。俺には頼れる人が兄さんしかいないのに」

「それは、お前が僕に相談する気がなさそうだったから……」

だんだんと、清正の声が小さくなる。決意が揺れている証拠だ。ここぞとばかりに、禄之助は続けた。

「もう十年も兄さんと一緒に抜いてるのに、今さらひとりでなんてできないよ。試してみたこともあったけど、……やっぱり兄さんとじゃなきゃイケなかったんだ」

禄之助の秘密の告白に、清正の目がふわっと歓喜に輝く。

それを見て、確信する。

清正はまだ完全には決別できていない、と。

決心したふりをしても、無駄だ。生まれたときから清正を追いかけ続けていた禄之助には、わかる。義兄は縋りつく禄之助の手を強引には振りほどけない。

「ねえ。俺まだ全然出し足りない。ここ最近、我慢するのが苦しいんだ。人前で勃起しちゃったらどうしよう。鎮め方、わかんないよ。助けてよ、兄さん。俺のこと助けられるのは、兄さんしかいないんだよ？」

　清正より大きな図体で、禄之助は甘えた声を出した。そして、消毒したばかりの噛み痕を、指でつっと撫でる。

「い……っ」

　清正が痛みに声を上げ、目を瞑《つむ》った。その隙に、唇へとキスをする。

「んっ、禄之助、そこは……、」

　ダメだと言わんばかりに、清正は禄之助の顔を押し返した。

　昔から清正は、頬や額へのキスは許しても、唇だけは頑なに許さなかった（正確に言えば、禄之助が不意を衝《つ》いてキスをしても、応えることはしなかった、だが）。そこへのキスは将来お嫁さんになる人に取っておきなさい、と。

　だから清正にしているのだと少しも思い当たらないあたり、もどかしくもあり、愛おしくもある。

　真意に気づいて欲しいと願いながら、禄之助は言う。

「キスこそ、今さらだろ。俺のファーストキスはとっくの昔に兄さんに捧げた。二回も三回も一緒だよ」

「でも、あれは」

「それに、兄さん、本当はキス好きだろ？」

清正の抵抗にもめげず、禄之助はぐっと顔を近づけて、あと数ミリで唇が重なる位置から、まっすぐに清正を見つめる。

「素股してるときにキスすると、兄さんの太腿、ビクビクって気持ちよさそうに震えるもんな」

「……っ」

喋《しゃべ》ると、開閉に合わせて少しだけ唇が触れ合った。その感触に、清正がぐっと唇を噛む。

「ね、兄さん。キスの仕方、教えてよ」

清正の背中を、いやらしさを込めた手で、なぞる。

「ん……っ」

清正の唇が、微かに開いた。それを見計らって、禄之助は覆い隠すように清正の唇に自分のそれを重ねた。触れるだけのキスよりさらに先を求めて、舌先で閉じた唇をノックする。

「ン、む……っ」

禄之助を押し返す手の力が弱まった。唇を合わせたまま、「兄さん」と乞うように呟くと、恐る恐る、といったふうに清正の唇隙間が広がっていく。そこへ容赦なく舌先を突き立てて、禄之助は逃げようとする清正の舌を搦《から》め捕《と》った。

ぬるぬるとした熱に、ずくん、と再び強い欲情が下半身に集まっていく。

──すごいな。兄さんの口の中、こんなに熱かったんだ。

実は、今までにも清正が眠っているあいだにキスをしたことが何度もあった。唇を無理やり割って、口腔《こうこう》をまさぐったこともある。

だが、それはキスでもなんでもなかったと、たった今思い知った。一方的なそれとは全然違って、意思のある舌の動きに、禄之助は感動すら覚えていた。

「清正」

禄之助がそう呼ぶと、抱きしめた清正の身体が震えた。押しつけた腰に、禄之助と同じように再び兆した清正の芯が当たる。それを撫でると、はっとして清正が抵抗した。

「ダメ、ダメだ、禄之助……、ほんとにもう美和子が帰ってくる……っ」

「帰ってきてもいきなり部屋のドアを開けたりしないさ」

「そうかもしれないが、」

いやいや言いながら本気で突き飛ばそうともしない清正に言い訳を与えるように、禄之助は深く口づけてから、言う。

「万が一見られても、俺に無理やり襲われたとでも言えばいい。実際兄さんは嫌がってるんだから」

「そんな、嫌がってなんて……」

だが、自分の言動に矛盾があるのを察し、清正は閉口した。

ふたりとも黙ったまま、禄之助は自分のズボンの前をくつろげ、芯を持った性器を清正のものと一緒に握り込む。

「んっ」

鈴口を擦ってやると、清正の口から気持ちよさそうな吐息が洩れた。その息ごと嬲《なぶ》るように、禄之助はねっとりと唇を吸う。清正の義兄としてのけじめなのか、決して絡め返されることはないが、弱々しく避けようとする舌の動きに、禄之助の興奮はますます加速していく。

「あっ、む……、ンッ」

硬くなっていく性器を擦りながら、禄之助は清正の乳首に触れた。

「あぅ……」

清正は自分は男だからそこに触れても無意味だと思っているらしいが、長年の禄之助の地道な開発によって、感度は確実に上がっている。小ぶりだった桜色の粒は、指で挟みやすい大きさにまでなっているのにも、清正本人は気づいていない。

「禄之助……っ」

清正の腰がゆるゆると揺れ、快楽を追いはじめる。先走りが指にまで滴《した》り、いやらしい水音が耳まで犯していく——とそのときだった。

「清正坊ちゃん、禄坊ちゃん、ただいま戻りました。今夜はタンシチューにいたしますか

らね」

階下からの美和子の声に、びくりと清正が身体をすくませた。

「禄之助、み、美和子が……」

「大丈夫だよ。上がってはこない」

「でも」

せっかく盛り上がっていたのに、清正の性器が芯を失うのがわかった。禄之助のほうはまったく萎えておらず、出さないと収まりそうもないというのに。

「いいから、俺に集中して」

「ん……うッ」

少々乱暴に、清正の顎を取って口づける。それから布団に押し倒し、仰向《あおむ》けのまま膝を折りたたんで太腿を閉じさせる。だがその拍子に、机の上に置いてあったペン立てを倒してしまったらしく、バラバラとものすごい音を立ててペンが床へと散らばった。

「坊ちゃんたち？　大丈夫ですか？」

怪訝《けげん》そうな美和子の大声が聞こえてくる。

「禄之助、ダメだ……っ、このままじゃ美和子が」

声を押し殺し、清正が懇願した。だが、逃げ出そうとする清正の膝を摑んで、禄之助は昂《たかぶ》りを太腿の隙間へと突き立てた。

「禄之助……っ」

「いっそ俺たちがこんなことをしてるって、美和子に見てもらおうか。人に見られて興奮するって人もいるらしいし」

禄之助がそう言うと、擦れた清正の先端に再び血が巡っていくのがわかった。

「や、いやだ……」

「嫌だなんて言って、兄さんのここ、硬くなってきてるけど？」

「そんな、僕は」

「兄さんも見られて喜ぶ側の人間なのかな」

ふっと掠れた禄之助の笑い声に、清正がくしゃりと顔を歪めた。

「……っ」

そしてありったけの力を込めて、禄之助の胸を押し返した。その衝撃に、禄之助は不格好に尻もちをつく。

「い……ったいな、何す――」

「もう、やめろ、禄之助。……美和子にこんなところ見られたら、お前の見合いだってなくなるかもしれないんだぞ」

何を言い出すかと思えば、ここに来て見合いの話を蒸し返すとは。

――期待していたものと、全然違う。そんな言葉が聞きたかったわけじゃない。

清正はそんなにも禄之助に結婚して欲しいのだろうか。それが禄之助の幸せに繋がると、本気で思っているのだろうか。

確かに、清正の言うとおり、たとえ義理であっても兄弟でこんなことをするのは異常だろう。美和子に見つかれば、大事にされるに違いなかった。両親にも告げ口され、引き離されることもあるかもしれない。

だから最初から、美和子に見せようとは微塵も思っていなかった。いつか気づかれるにしても、それは今であってはいけない。

そう、ちゃんと理性ではわかっている。

けれど。

今さら倫理を持ち出して、ひとりまともなふりをすることに、怒りが止められない。そんな清正を、この手でぐちゃぐちゃにしてやりたくなる。

愛する人なのに、守りたい相手なのに、思いどおりになってくれないのが、もどかしくて、腹立たしい。

子どもの癇癪のようだと思う。大人の男に見られたいというくせに、禄之助は未だ子どものままだ。それもまた、腹立たしくて泣きたくなった。

衝動が、抑えられない。感情がコントロールできない。他のことでは容易に抑えられるのに、清正のこととなると、てんでダメだ。

「は、ははっ」

思わず、禄之助の口から笑いが洩れた。そして、

「美和子！」

禄之助は大声を上げて美和子を呼んだ。

「はいはい、なんでしょう」

返事と共に、すぐにトントンと階段を上る足音が聞こえてくる。

「禄之助！」

悲愴《ひそう》な声で清正が呼び、青い顔でふるふると首を横に振った。しかし禄之助は清正を再び布団へ沈めると、今度はうつ伏せに縫い留めた。そして張りのある丸い尻のあいだに猛った性器を押しつけて、擦りはじめる。

「あっ、ん、うう……」

声を出さないように、清正はシーツを噛んだ。どうにか逃げようとしているが、ひと回りも体格の違う禄之助から逃れる術はない。

「兄さん、兄さん……、――清正」

耳元で囁くと、尻の肉がわずかに強張《こわば》った。そこへ夢中で抽挿《ちゅうそう》を繰り返し、いつものように首筋を噛もうとして、ふと気づく。

ぐすっと、鼻をすする音がした。清正が泣いていた。

頭に上っていた血が一気に降下し、禄之助は立ち上がった。と同時に、ちょうどコンコンと部屋のドアがノックされる。

「禄坊ちゃん、何かご用ですか?」

禄之助は掛け布団を清正にかぶせると、身なりを素早く整え、ドアを開けた。

「兄さんの具合が悪いようだから、体温計と濡れタオルを用意してくれないか」

咄嗟《とっさ》についた嘘を、美和子は信じたようだった。心配そうな顔で部屋を覗き込み、清正が寝ているのを確認する。

「あらあら、それは大変です。夕食もタンシチューをやめてお粥にしましょうか」

「ごめん、俺もお粥でいいから。それ作ったらもう上がっていいよ」

「わかりました。それじゃあ禄坊ちゃん、清正坊ちゃんの看病をお願いしますね」

「うん」

パタンとドアが閉じられ、美和子が一階に下りる音を聞いてから、禄之助は清正のほうを振り返って、言った。

「冗談だよ。本気で美和子に見せようなんて、思ってなかった」

清正を傷つけたいわけではなかった。ぐちゃぐちゃにしたい衝動は湧いても、それは決して本望ではない。清正は自分のものだと誰かに誇示して一時的な満足を得たとしても、それで清正に嫌われるのだとしたらなんの意味もないことだ。

後悔に、胃の底がじくじくと痛む。

これから先、どうすれば清正の心を手にできるのだろう。自分を恋愛対象として見てもらえるのだろう。

どうするのが正解なのか、わからなくなってしまった。

清正が自分だけを見てくれるように、じわじわと囲い込んできたつもりだったのに、それが恋情になるにはまだ足りないのだろうか。

「……夕飯のタンシチュー、楽しみにしてたのに」

布団の中から、くぐもった声が聞こえた。

「明日また作ってもらおう。……ごめんね、兄さん」

禄之助の謝罪に、ようやく清正が顔を出す。

「いい。お前もいろいろあって精神的に疲れてたんだろう」

「……うん、そうだね」

胸の中に渦巻く言えない言葉たちを呑み込んで、禄之助は頷いた。

簡単に許されたことに、ほっとしたような、がっかりしたような、複雑な気持ちを抱きながら、清正の隣に腰を下ろす。

「今日みたいに爆発する前に、ちゃんと僕に言うんだぞ」

「うん、わかった」

先ほどまでの獰猛《どうもう》さを引っ込めて、義弟の顔で清正の額に貼りついた前髪をそっと払うと、もう怯えもせずに清正は目を閉じた。その切り替えの早さが、禄之助は少しだけ憎らしかった。

とにかく、今の禄之助には見合いを進める道しか残っていない。

それならばいっそ、見合いをとことん利用して、もっと清正の心を揺さぶってみようか。

もちろん、今まで以上に清正に悪い虫がつかないよう警戒しながらだ。

この駆け引きが吉と出るか凶と出るかはわからない。

だが、やるしかない。凶と出たとて、清正を手放すつもりは毛頭ないのだから。

＊＊＊

結局、禄之助が暴走したことをきっかけに、一世一代の清正の決意は果敢《はか》なくも崩れ去った。

もう自慰の相手はしないと申し出たにも拘《かかわ》らず、禄之助は納得しなかった。清正以外では抜けないから、突き放されたら困る、と。

自分では解消できない欲求が誰かを傷つけることになってはいけないし、何より禄之助がつらそうなのを清正が捨て置けるはずもなかった。あんなふうに縋《すが》られては、見放すほうが無理というものだ。

だからその日以降も、前より頻度が高くなった禄之助の欲情を、引き続き清正が解消してやることになったのだ。

自慰の内容は前と同じだが、多少なりとも変化はあった。禄之助の成長っぷりを意識した途端、前にも増して羞恥心が湧き上がるということと、以前は禁じていた唇へのキスを許すようになったということだ。

禄之助以外とキスをしたことがなかった清正には、ディープキスの経験ももちろんなかった。今までは頑なに拒んでいたが、一度その気持ちよさを知ってしまうと、抗《あらが》えない快楽に清正はぐずぐずに溺れてしまった。そして、禄之助の言うとおり、二度も三度も変わらないのだからと、自分自身にも言い訳して、ほぼ毎日のように禄之助に唇を貪《むさぼ》られている。

「おかえり」

「ただいま、兄さん」

今日も大学から帰ってきた禄之助を玄関で出迎えると、美和子から隠れるようにして洗面所に引っ張り込まれた。

「おい、禄之助、何を、」

「わかってるくせに」

そう言ってにやりと笑い、禄之助は清正の唇をキスで塞ぎながら、ぐいぐいと腰を押し当ててきた。

「こら、昨日もしただろう。今日はさすがに……」

「わかってる。でも、ちょっとだけ」

お願い、と潤んだ目で乞われれば、清正は逆らえない。生温かい禄之助の舌に口内を蹂《じゅう》躙《りん》され、じわじわと清正にも劣情の炎が移っていく。

「んっ、あ」

「声出すと美和子に気づかれるよ」

「だったらもうやめろ」

むすっとして言い返すと、禄之助は言われたとおりにぴたりと手を止めた。

「あ……」

止めたのは自分なのに、離れていく体温に、清正は思わず声を上げた。

「何？」

禄之助が怪訝そうに首を傾げる。

「い、いや。素直だったから驚いただけだ」

「兄さんが嫌がることはできないよ。また泣かれでもしたら困るし」

からかうように言って、禄之助はあっさりと洗面所を出ていった。

「はあ……」

熱を冷まして冷静になると、途端に罪悪感が胸に飛来する。

いくら禄之助のためだといっても、見合いの予定があるような人間と、果たして身体の関係を持っていいものか。ただの自慰の延長だと言われればそうかもしれないし、禄之助がもし結婚を決めてしまえばさすがにこの行為もなくなるだろうから、それまでのことだと割り切ればいいのかもしれない。

だが、禄之助に触れれば触れるほど、前にも増してもやもやとした気持ちが胸に溜まっていく。

——血が繋がっていないとはいえ、兄弟でキスなんて非常識だ。

——見合いなんてして欲しくない。ずっと自分だけの禄之助でいて欲しい。

——素晴らしい女性と幸せな家庭を築いて、恵まれた人生を歩んで欲しい。

——広い世界を見て、最後には自分のところに帰ってきて欲しい。

相反する気持ちが綯《な》い交ぜになって、まとまらなくて、だからこそ、苦しい。

自分は一体、禄之助に何を求めているのだろう。

その週の金曜日、禄之助が大学の友達と吞みに行くからと美和子に夕食を断っているのを聞き、清正も久しぶりに外食に行こうと決めた。ひとりで食べるのも味気ないし、報告がてら、と央矩に電話をかけ、自宅から二駅離れた居酒屋に呼び出した。

「まだ仕事残ってたんだけど」と到着早々央矩が文句を言うのを、すでに呑みはじめていた清正は「うるさい」と中ジョッキを押しつけながら遮り、まだメニューも見ていないのに呼び出しボタンを押した。

「おうおう、荒れてんなあ」

面白がるように央矩は言い、すぐにやって来た店員にビールを頼む。

「何かあったのか、禄之助くんと」

「まあな」

お通しの小鉢に箸をつけ、むっと口角を下げている清正を、央矩はやれやれとため息で許し、ネクタイを引き抜いてメニューを広げる。一分もしないうちにビールが運ばれてきて、ついでに適当につまみを頼んでから乾杯する気分でもないのにジョッキを合わせる。

「それで、具体的には？」

「見合い話が順調に進んでる。それだけだ」

「それだけってことはないだろ。普通はそんなことくらいで拗《こじ》れたりしない」

話してみろよ、と促され、清正は少し逡巡《しゅんじゅん》したあと、一気にビールを呑み干すと、ぽつりぽつりと話しだした。

「僕は昔から、禄之助のことは何でもわかってるつもりでいたんだ。拾ったのは僕だし、まだミルクを飲んでいる頃から母や美和子よりも僕のほうが世話をしていた」

「待て待て、拾ったってなんだ」

「あれ？　話してなかったか。禄之助は養子だよ」

「それは知ってる。この前も話しただろ。それより、拾ったって」

「家の前に捨てられていたんだ。いや、言い方が悪いか。禄之助は神からの贈り物だからな。進呈されたと言うほうが合っているな。とにかく、それを僕が見つけて、自分が育てると親にねだって養子にしてもらった」

「なるほどなあ。どうりでベタベタ可愛がるわけだよ。神様からの贈り物じゃしょうがない」

「だろう？」

禄之助の素晴らしさが認められたのが嬉しくて、清正は一瞬上機嫌になる。が、次の瞬間にはまたすぐに気分が下降していく。その贈り物を、手放さなくてはいけないのだから。

「……まあ、それで、つまるところ僕は天狗《てんぐ》になっていたんだ。育てたのは僕だから、禄之助は僕にすべてを打ち明けてくれていると」

「家族だからって全部あけすけにしてるやつなんていないだろ」

「僕は禄之助には思ったことを伝えていた」

「本当に？」

「……今は少し違うが」

今の清正は、本心を隠している。

「それで、禄之助くんはお前に何を隠してたんだ？」

「ずっと、養子であることにコンプレックスを抱いていたらしい」

あー、と央矩が苦笑した。

「それは仕方がない」

「仕方ないのか？　本当の両親の記憶もないような生まれたての頃から育てているのに。あいつの親は間違いなく椿家の両親で、兄はこの僕だ。それ以外にない。血の繋がりなど関係ない」

「そういうことじゃないんだよ。自分が養子だとわかった頃からずっと禄之助くんは悩んでいたと思うぞ、俺は」

「だが決して僕は」

「お前の目が届かないところだってあるんだ。家族とはいっても他人なんだから」

央矩はお通しを箸でつつくと、嫌いなものでもあったのか、清正にすっと小鉢を差し出した。

「目の届かないところで何があるって言うんだ」

POSTCARD

STAMP HERE

1 0 1-8 4 0 5

東京都千代田区
神田三崎町2-18-11

二見書房
シャレード文庫愛読者 係

通販ご希望の方は、書籍リストをお送りしますのでお手数をおかけしてしまい恐縮ではございますが、**03-3515-2311までお電話くださいませ。**

<ご住所> □□□-□□□□

<お名前> 様

<メールアドレス>

＊誤送を防止するためアパート・マンション名は詳しくご記入ください。
＊これより下は発送の際には使用しません。

TEL	職業／学年
年齢　　代	お買い上げ書店

Charade 愛読者アンケート

この本を何でお知りになりましたか？

1. 店頭　2. WEB（　　　　）　3. その他（　　　　　　　　）

この本をお買い上げになった理由を教えてください（複数回答可）。

1. 作家が好きだから（小説家・イラストレーター・漫画家）

2. カバーが気に入ったから　3. 内容紹介を見て

4. その他（　　　　　　　　　　）

読みたいジャンルやカップリングはありますか？

最近読んで面白かったBL作品と作家名、その理由を教えてください（他社作品可）。

お読みいただいたご感想、またはご意見、ご要望をお聞かせください。

作品タイトル：

ご協力ありがとうございました。
お送りいただいたご感想がメルマガに掲載となった場合、オリジナルグッズをプレゼントいたします。
HPのご意見・ご感想フォームからもアンケートをご記入いただけます ➡

「それこそ世間の目だろ。お前んちはここらじゃ有名で、噂《うわさ》だってすぐに広まる。禄之助くんが養子なのも、とても秘密にはできなかった。どのみち本人の耳に入る。だから正直にお前の両親は禄之助くんに養子であることを早々に打ち明けた」

「そうだ。それのどこが間違っている？　さっきから言っているとおり、血の繋がりなど関係ない」

「本人はどう思っているかわからないぞ？　見た目も似ていないし、自分が本当の子じゃないことを知って、関係のない自分を育ててくれていることへ申し訳なさを感じたのかもしれない。だから必要以上に恩を返したがる」

「辻褄は合うが」

「お前が禄之助くんに何を言おうと、これぱっかりは本人の心の問題だから」

自分は椿家の人間ではないと禄之助が自ら線を引くというのなら、自分には何ができるのだろう。

清正はカラカラに喉が渇くのを感じて、ビールを呷《あお》った。喉の渇きは多少マシになったが、胸につかえた何かは水分では洗い流されず、一向にすっきりしないままだ。

「僕はどうしたらいい？　どうしたら禄之助の心を軽くしてやれる？」

清正が訊くと、央矩は左右に首を振った。

「やりたいようにさせてやれ。それで本人が満たされるなら」

「満たされなかったら？　それが間違いだったら？」

「そのときはまた別の道を探せばいい。お前が禄之助くんを本当の弟だと思っている限りは大丈夫だろ。ちゃんと伝わるさ」

「伝わってなかったからこんなことになっているんだ」

しゅんとした清正に、央矩は苦笑してメニューを渡す。

「まあまあ、そういう悩みは時間が経てばマシになるって。今だけだ。今日は俺が奢ってやるから、好きなもん食べて元気出せよ」

結局また何も解決しないまま、話が終わる。だがここでくだを巻いてもどうしようもない。清正はひっそりと息を吐くと、意地の悪い笑みを浮かべた。

「言ったな？」

「……あんまり高いのはダメだぞ」

央矩が怖々と清正を見つめ返す。その顔があんまりにも情けなくて、清正は、ははっと声を上げて笑った。

どうせ相手は央矩だし迷惑を掛けても構わないだろうと久々にべろんべろんに酔っぱらった清正は、約束どおり央矩に奢られ、帰途に就こうとした。が、あまりにふらふらしていたため、見かねた央矩に送ってもらうことになり、夜とはいえまだ蒸し暑い中、男ふたり肩を組んで歩き出す。

理性の緩くなった頭で、清正は何度も言う。

「禄之助が見合いなんて嫌だ。あれは僕のだ。絶対誰にもやらん」

「やっぱりそれが本心か。ものじゃないってお前が言ったんだろ」

呆れたように央矩が言って、ガンッと側頭部をぶつけてくる。清正ほどではないが、央矩も酔っていた。

「ものじゃない。ものじゃないけど僕のなんだ！」

「恋人でも作ってそっちを可愛がれよ」

「禄之助以上に可愛い子がいたら考えんでもない」

「いやいやいるだろ、ゴロゴロ。っつか何、お前、禄之助くんが好みなの？　ゲイなの？」

「んー」

肯定とも否定とも取れない答えを清正は返した。

「ゲイかどうかはわからん。僕は恋というものをしたことがない」

えっ、と央矩が大きな声を上げて驚いた。耳元だったので、清正は顔を顰めたあと思いっ切り央矩のふくらはぎを蹴る。

「うるさい。鼓膜が破れる」

「ひょっとしてお前、その歳で遊んだこともない童貞かよ。もうすぐ魔法使いになっちゃうじゃん」

「魔法使い？」

「三十まで童貞だと魔法が使えるんだぜ」

「へえ、それはいいな。そうなったら僕は一生禄之助と一緒に暮らす。魔法で禄之助に近寄るヤツは全員消す」

冗談だとはわかっているが、ついそんなことを言ってしまう。

「物騒だなあ」

「そういうお前は恋を知ってるのか？　勧めてくるんだから、さぞいいもんなんだろうなあ？　おい」

清正の絡みに、「怒鳴るなよ」と央矩が鬱陶しそうに眉間にしわを寄せた。それから、

「いいかどうかは正直わからん」と苦笑した。

「好きな人がいると毎日楽しいけど、そのぶん嫉妬したりするし、綺麗な感情だけでは済まないわな。俺なんて、彼女が別の男と喋っているだけでもむかついたりするし、呑み会に行くと言われて怒り狂いそうになったこともあった」

「お前案外束縛するタイプなんだな」

大学生のとき、央矩には彼女がいたが、清正が見ている限りそんなふうには見えなかった。実際は隠していたということだろうか。

「まあでも、それを上回って、やっぱり恋人がいると毎日張りがあるのは間違いない。感情が目まぐるしく動くってのに関しては、今のお前にはお勧めかもしれんな。気が紛れるし」

「ふぅん」

それを聞いても、清正には恋がいいものだとは思えなかった。楽しいだけではなく、苦しい思いをするのなら、別にしなくたっていい。

はあ、と酒で熱くなった吐息を零し、家までの道をうだうだ歩いていく。

もう少しで家の門が見えてくる、というところで、「兄さん」と自分を呼ぶ声がして、支えてくれていた央矩の体温が急に離れていった。

「ここまで送ってきてくださって、ありがとうございます」

代わりに、別の体温が清正を包んだ。禄之助だ。今日は呑み会のはずなのに、随分早い帰宅だな、と清正は嬉しくなってべったりと禄之助に抱きつく。嗅ぎ慣れた匂いと温もりに安心したせいか、途端に眠気がひどくなる。

「っとに、相変わらず番犬みたいだな、弟クンは」

「それはどうも」

珍しく刺々《とげとげ》しい禄之助の声に、おや、と疑問が湧いたが、閉じかけた瞼《まぶた》を再び押し上げる気力は清正にはなかった。

　その数日後、禄之助の見合いの日が決まったと、両親から知らされた。早ければ早いほどいいということで、次の日曜日、旅館の離れを貸し切って行うとのことだった。

「本当に、いいのか」

　両親も就寝し、ふたりきりになったリビングで、清正は訊いた。

「うん。いいも悪いも、俺が見合いをすることで父さんと母さんの役に立てるんだから。それに、相手のお嬢さんもいい人らしいし、もし本決まりになったとして、見合い婚でもうまくやってる夫婦はいくらでもいるだろ」

　禄之助がなんでもないことのようにさらりと言った。もう完全に納得して、受け入れているらしかった。苦悩している様子もなさそうなのに、しかし清正はほっとするどころか、どうしてか焦燥感が胸を突き上げる。

「会ってみて気に入らなかったら、断ってもいいんだからな。お前の気持ちが何よりも大事だ」

　念を押すように、言う。

「ははっ、父さんと同じこと言ってる。だから、大丈夫だって。もしかしたら一目惚れなんてこともあるかもしれないし。兄さんは気にしないで。今までどおりでいてよ」

　今までどおり。その意味を、清正は理解しかねた。

今までどおりだったら、誰にも禄之助に触れさせはしない。帰ってきたらおかえりのキスとハグをして、一緒に夕飯を食べて、たまに互いの欲望を発散し合い、同じ布団で眠る。

——そんなこと、禄之助がもし結婚したらできるわけがない。

それなのに今までどおりなんて、無理な話だ。

だがそれを言ってしまったら、今度こそ本当に禄之助にとっての邪魔でしかない。清正のこの所有欲は、いつかは手放さなくてはならないものだ。禄之助が白立しようとしているのに、いつまでも清正が子どものようなことを言っているわけにはいかないのだから。

そして見合い当日。

兄である清正は当然参加できるものでもなく、だが大事な禄之助の見合い相手を一目見ようと、両親や禄之助には内緒で変装用の眼鏡まで装着し、こっそりと旅館の近くまで行くことにした。

——このくらいは、別に普通だよな？

弟の相手が気になるのは、兄弟として当然だ。

両親と禄之助が出かけて少ししてから、タクシーの運転手に行き先を告げ、清正も旅館へと向かった。日曜日なだけあって、観光客で賑《にぎ》わう街中を進み、旅館の少し手前で降車する。

ここそこと旅館のエントランスに辿り着き、歓迎看板を確認すると、『椿家、御堂《みどう》家御一行様』と書かれていた。

御堂雫《しずく》というのが、相手の令嬢の名前だ。写真で見た感じだと、知的で真面目そうな女性だった。世間一般ではきっと美人の部類に入るのだろう。歳は二十三で、禄之助の二つ上だ。東京の有名私立大学を卒業し、今はこちらに戻って親の会社に入社して働いているという。母の情報網によると、小中高ともに先生方の覚えもよく、高校では生徒会長を務めた才女であるらしい。高嶺の花として近隣の男子生徒のあいだでは持て囃《はや》されていたとの噂もあった。

美人で真面目で頭もいい。

そんな女性が、どうして突然清正を指名して見合いを持ちかけてきたのか。そして清正が断わると、弟の禄之助でもいいと承諾したのか。

自分に一目惚れした、というのならまだわかる。だがそれなら禄之助に切り替えるのが早すぎはしないか。清正の次は禄之助に一目惚れした、という線もなくはないが、あまりに尻軽すぎる。

そんな女に、禄之助を渡してしまっていいものか、清正は正直なところ疑心暗鬼になっていた。

「まあ、禄之助以上に可愛くてかっこいい男はいないから、他に目移りする心配はないだろうが……」

ブツブツ言いながら中へと入り、客のふりをしてロビーのソファに堂々と腰掛ける。

そして十分ほど経った頃、一台の車が旅館の前に停まった。中から出てきたのは、写真で見たとおりの御堂雫と、その両親だ。

しかし、これから意中の相手――禄之助に会いに行くというのに、当の御堂雫の顔は曇っている。緊張とも違う、不貞腐れた顔だ。

――なんでだ？　普通は嬉しいものだろう。

あちらから見合いを申し込んでおいて、しかも禄之助を気に入ったとか言っておいて、その顔はいかがなものか、と清正はむっと顔を顰めた。

――気に入らない。

それが清正の抱いた、御堂雫の第一印象だった。

だが、その一時間後、その印象はもっと悪くなることになる。

お決まりの「あとは若いふたりで」という言葉に則《のっと》ったのかは知らないが、ロビーから見える中庭に、禄之助と雫が並んで歩いているのが見えた。どれほど険悪なムードになっているかと思い、じっと眺めていると、しかし予想とは違い、ふたりとも楽しそうに笑っていた。

「え……？」

清正は思わず声を上げ、自分の目を疑った。パチパチと何度も瞬きを繰り返し、目の前の光景を確かめる。だが何度見ても、禄之助は清正といるときと同じように、心から信頼した人にしか見せないような顔で、笑っていた。

――……まさか、禄之助のやつ、本当に一目惚れでもしたのか。

その可能性に思い至った瞬間、清正の心臓を激しい痛みが襲った。まるで落雷にでもあったかのような、鋭く燃えるような痛みだった。

今まで、禄之助の隣に女性が立っているのを見たことがなかった。いや、見ていたとしても、その子に対して禄之助が特別な視線を向けていなかったからか、それが彼女なんて思いもしていなかったし、気に留めてもいなかった。

だが今は、それを否《いや》でも意識せざるを得ない。禄之助の特別になる女性の存在を。

本当のところ、清正は禄之助が断るのを期待していたのだ。いや、そう信じていた。やっぱり嫌だ、と弱音を吐くのを聞いて、だったら自分がなんとかしてやる、と両親に口添えしてやるつもりだった。もし見合い相手が金を理由に脅してくるようなら、マンションや全財産を手放したり、借金をしたりしてでも守ってやるつもりだった。

それなのにまさか、本当にうまくいってしまうかもしれないなんて。

清正が今まで禄之助にしてやっていたように、今度はあの女が禄之助を慰めるのだろうか。あの禄之助の逞しい身体を、清正ではなくあの女が。

生々しい想像をしかけて、清正は吐きそうになる。

やはり自分は、誰かに禄之助を取られるのが嫌なのだ。誰のものにもならず、生涯自分の傍にいて欲しい。心の底からの願望は、ただただそれだけだった。

じんわりと目の奥が疼いて、涙腺から一粒、二粒、涙が零れる。それがやがて筋になり、清正は頬を伝うそれを必死に拭った。

——好きな人がいると毎日楽しいけど、そのぶん嫉妬したりするし、綺麗な感情だけでは済まないわな。

酔っていたときに聞いたはずなのに、央矩の言葉をはっきりと思い出す。央矩の言うその感情に、嫌になるほど覚えがある。

そしてやっと気づいた。今感じているこの感情は、兄弟に対して持つにはあまりにも傲《ごう》慢《まん》で醜《みにく》いものだと。だが眩しくもあり、自分の中の支えとなっているものでもあった。

央矩の言葉を借りて、それに名前をつけるとしたら、世間一般では、きっと〝恋〟とでも呼ぶのだろう。

肉欲も含めて、自分は禄之助を愛しているのだと、清正はついに認めた。

「そうか、そうだったんだな……」

だが今さら気づいたところで、清正にはどうしようもないことだ。

男同士で、義兄弟。

どのみち先もないし、そもそも禄之助は自分と同じ気持ちではきっとない。同じ気持ちだったら、見合いに対してあんなに意欲的にはならないだろう。清正なら、無理だ。実際、禄之助のことが好きだったからこそ、誰とも結婚したくなかった。

「気づかなければよかった」

ふっと自嘲《じちょう》気味に笑い、清正は旅館を出て、通りにタクシーを拾いに行く。

このお見合いをきっかけに、禄之助は結婚を決めてしまうかもしれない。そういう予感が、清正にはあった。

そしてその予感は、家へと帰ってきた禄之助によって、決定的なものとなってしまった。


「とりあえずしばらく、お付き合いしてみることにしたよ」

晴れやかな顔で禄之助がそう言ったのを聞いて、清正は「そうか」と頷くほかなかった。

自分の恋心に気づいても、清正にはなす術がない。

気持ちを伝えても、もはやそれは結婚を決意した禄之助にとって足を引っ張るものでしかない。

それに、「兄弟なのに、そんなふうに思ってたんだ」と嫌悪されでもしたら、それこそ生きてはいけなくなる。

「どうしたものか……」

ううーんと唸っているあいだにも、禄之助と御堂雫の仲は着実に進展していく。

両家の顔合わせはいつにしようか、どこでやろうか、金額はだいたいこのくらいで……などなど、まだ結婚するとも決まっていないのに、母が張り切って美和子に相談しているのを見るたびに、清正はなんとも言えない気持ちになった。

どうしたものか、と悩んではいるものの、本当は「邪魔をせず、この気持ちは墓場まで持っていけばいい」という結論は、頭の隅のほうでチラチラと瞬いている。だがそれを清正が認めるには、時間が必要だった。

そうこうしているうちに、見合いから一ヶ月が経とうとしていた。禄之助も夏休みに入り、日中はバイトに明け暮れている。

最後に禄之助の自慰を手伝ってからも、一ヶ月以上が経っている。お見合い以降は、禄之助がキスをねだってくることさえもなくなった。

こんなに間が空《あ》いたのは、いつぶりだろう。自然と清正の自慰の回数も減って、今ではそれをする気力さえも湧いてこない。いや、正確に言えば、禄之助の熱を思い出し、兆しそうになることはあるのだが、自分で擦っても虚しくなって途中で萎えてしまう、というほうが正しい。

禄之助のほうはどうだろうと心配になる。見合い前は精神的に不安定で、欲求不満でつらいと言っていた。まだ結婚を決めたわけではないから不貞にはならない、と禄之助が言うから手伝っていたが、その後精神は安定したのだろうか。

それとも。

――もう、御堂雫に慰めてもらっているのだろうか……。

付き合ってみることにしたといっても、まだ婚前で、身体の関係を持つなどというのは早い気もするが、ひとりでは達せられないという禄之助が、それまで我慢できるとは到底思えない。

しかし、兄として大丈夫かと訊いたとして、大丈夫ではないと返されても、してやれることは何もないと結論づけて、今のところ清正はじっと黙って耐えているというのが現状だ。

心の奥では、禄之助に縋られたい、「助けて」と身体を求められたいと思ってはいても、自分からはどうすることもできない。

そう思っていた、ある夜だった。

エアコンをつけっ放しにしていると体調を崩しやすいため、清正はいつも寝る前に電源をオフにするようにしているのだが、その日は夜になっても蒸し暑さが続き、部屋の気温がすぐに上がってしまったせいで、いつまでも寝つけずにいた。

夜半、コンコン、と控えめなノックが響いて、清正はどきりと高鳴った心臓を押さえながら布団から起き上がった。

　禄之助かもしれない。もし禄之助なら、また自慰の誘いかもしれないと思い、身体の芯がずくりと期待に震えた。

　そんなことあるはずがないし、そうだとしても断らなければならないと理性ではわかっていたが、長年重ねてきた肌の熱さを、すぐに忘れられるはずもない。

「どうした」

　何食わぬ顔で返事をすると、そうっとドアが開き、案の定禄之助が顔を覗かせた。

「夜中にごめん。あの、兄さん、ちょっといい？」

　切羽詰まった禄之助の声に、清正の身体が期待にますます疼く。抑えなければと思うのに、ごくりと喉が鳴った。

「何かあったのか？」

　問う声はみっともなく少し震えていた。禄之助がゆっくりと部屋に身体を滑り込ませ、それから清正の布団のほうへと歩み寄る。その目ははっきりと情欲に濡れていて、あっと思った瞬間、禄之助が清正に覆いかぶさった。

「……っ、禄之助」

「兄さん、ごめん。我慢しようと思ったけど、無理だった」

　熱い吐息を零しながら、禄之助が清正の甚平の合わせ目から手を差し入れてくる。久しぶりの禄之助の手の感触に、清正の理性は簡単に吹き飛びそうになる。

「こら、ダメだ……っ、お前には彼女が……」

口ではそう言いつつも、身体は歓びに戦慄《わなな》いていた。抵抗しようとするふりで、禄之助の胸を押し返すが、とても力が入りそうにない。

「じゃああの人に相手をしてもらえって言うの？」

「それは……」

――そんなのは、嫌だ。相手をするなら自分がいい。

はっきりとそう思い、清正はぎゅっと口を閉じた。

本来なら、もうやめるべき行為で、世間的に見ればきっと不貞になる。たとえそれが男同士、義兄弟同士であっても。

しかし。

「自分で処理しようと思ったんだけど、うまく出せなくて……。これでも我慢したんだよ。でも苦しくてしょうがないんだ。ねえ兄さん、助けて。俺を助けられるのは、兄さんしかいないんだ」

切々と訴える禄之助を前に、清正の言い訳など塵《ちり》のごとく、だ。

「それに、付き合ってるっていってもまだ本気ってわけでもないお試し期間みたいなものだし……」

「……そう、だったのか」

お試し期間と言われて、ふわりと心が浮き上がる。

当人同士、まだ本気になっていない。だとしたら。

——そうだ。これは人助けだ。僕は何も間違ったことをしていない。

ほろほろと壁が崩れ、気づけば清正は禄之助の身体をぎゅっと引き寄せて、抱いていた。

「しょうがないな、禄之助は」

「うん、ごめんね」

すべてを義弟のせいにして、清正は降ってくるキスを受け入れることにした。

「ん、ふ……っ」

分厚い舌に口の中を侵《おか》され、身体中をまさぐられ、身に着けていたものをすべて剝ぎ取られていく。

——これをずっと待っていた。

禄之助から与えられる熱に、清正の全身に血が巡っていく。熱帯夜で蒸し暑いにも拘らず、もっとくっついていたいとさえ思う。

「兄さん」

歯列をなぞられ、口蓋《こうがい》をくすぐられ、その気持ちよさに知らず知らずのうちに清正は禄之助の硬くなった性器に自ら腰を押しつけていた。自分の昂りも擦れ、その快感に声が洩れる。

「あっ、ん、」

「しー、父さんたちに聞こえるかもしれない」

両親とは部屋が離れているから、聞こえないとは知りつつも、背徳感にビリビリと骨盤が震えた。清正の性器はもう弾けそうなくらいパンパンに膨れていて、陰嚢も射精寸前のように持ち上がって硬くなっている。

「もしかして、兄さんもオナニーするの久しぶりだった？」

それに触れながら、禄之助がいやらしい顔でにやりと笑い、訊いた。

「俺とじゃなきゃ、兄さんもイケない身体になっちゃったの？」

「それは……っ」

図星だった。清正はもう、禄之助以外で達せられそうにない。自分ひとりでしたとしても、もう気持ちよさは感じられない。久しぶりに触れられて、はっきりとそう理解する。

「そうだよね？」

確かめるように訊いたのと同時に、禄之助の指が清正の乳首をぎゅっとつねった。

「ああ……っ」

絞り出すような喘ぎ声が、清正の口から溢れ出る。乳首など感じるはずがないと思っていたのに、禄之助につねられたそこは、痛みよりも快楽を感じ取ってしまった。そしてもっとして欲しいと言わんばかりに、ピンと硬くしこって膨れ上がった。

「兄さんの乳首、いやらしく育ってるよね。前はもっと小ぶりだったのに、今は指で虐《いじ》めるのにちょうどいい大きさだ」

「そんなの、知らない……」

「でも気持ちいいんでしょ？」

今度は爪で軽く弾かれて、電流のような快感が背筋を伝った。

「あっ、ンン……ッ」

「認めなよ。気持ちいいよね？」

両方の乳首を捏ね回され、触れ合った性器もずりずりと腰を押しつけるように擦れ合う。

「あっ、ああ……っ」

「声抑えて」

「ん……っ」

必死で唇を閉じようとするが、鼻から甘えるような喘ぎが洩れるのを止めようがない。

慌てて手で口を塞ぐと、禄之助が今度は指ではなく唇で乳首を虐めだす。ねっとりと口の中で尖った乳首を舐め回し、時折歯を立てて刺激する。もう片方も、容赦なく指で押し潰し、清正の身体が跳ねるのを、楽しそうに見つめている。

「んっ、んん……！」

刺激されているのは乳首なのに、先ほどから腰への痺《しび》れが止まらない。きゅんきゅんと股間が疼き、もっと直截的な刺激が欲しくて、清正は自身のそこへと手を伸ばした。

しかし、「ダメだよ」と禄之助に止められてしまう。

「どうして」

早く思いっ切り擦り上げたくて、乞うように問うと、禄之助は意地悪く目を細めながら、言った。

「ずっと我慢してたんだ。あっさり出したらもったいないでしょ？」

「そんなこと言ったたって……」

清正の絶頂はもうすぐそこまで来ている。あと何度か擦るだけで、きっと達せられるのに。

もどかしさにもじもじと脚を動かすと、禄之助はさらにゆっくりと乳首を舐《ねぶ》りはじめた。赤ん坊のように吸い、感触を確かめるように乳輪と乳首の形に沿って舐めるのを繰り返す。気持ちいいのは確かだが、その刺激だけでは達せられそうになく、清正はいやいやと身体をくねらせた。

「ははっ、いやらしいな、兄さんは」

自分と同じように興奮に息を荒くしながら、禄之助が言う。

「ろ、禄之助……っ、もう許してくれ、もう、出したい……、」

「仕方ないな。じゃあ兄さんがイッたあとでも、俺が満足するまで何回でも付き合ってくれる？」

早く射精したい、という欲求に、清正はかくかくと頷いた。

「何回でも、付き合ってやるから、もう出させて……！」

清正の懇願に、「わかった、約束ね」と禄之助がとうとうふたりの性器をまとめて握る。

「ああ、ん……ッ」

待ちに待った刺激に、清正は高く腰を跳ね上げ、か細く啼《な》いた。その喘ぎを塞ぐように、禄之助の唇が清正のそれを覆う。

「ンッ、ふ……っ」

ちゅくちゅくと、性器からも唇からもいやらしい水音が響く。竿を擦られ、鈴口をぐりぐりと捏ねられ、清正はあっという間に絶頂へと導かれた。

「ん、ンンぅ……っ！」

びくびくと身体を震わせて、長いあいだ溜め込んでいた精子たちが、勢いよく禄之助の腹に向かって解き放たれる。

「っ、は……、あ」

心地いい射精の余韻に痙攣《けいれん》する身体は、沼の底に沈んだように重い。このまま何もせず瞼を閉じてしまいたいが、それを禄之助が許すはずもない。

どろりとした粘液を指で掬って、清正の前に持ってきたかと思えば、禄之助は、「いっぱい出たね」と耳元で辱《はずかし》めるように囁いた。そして駄目押しのように、名前を呼ぶ。

「清正、気持ちよかった？」

それに、こくんと頷けば、愛おしそうに禄之助が微笑んだ。

「……っ」

兄さん、ではなく、清正、と名前を呼ばれ、こんなふうに見つめられたら、まるで恋人のようだな、と清正の胸はときめきに揺れた。だが、次の瞬間には、馬鹿げたことだとすぐにかぶりを振って自分の考えを否定する。そんな考えを持ってしまったら、この行為が終わったとき、ますます自分が惨《みじ》めに思えてくるに違いない。

「お前も、早く……」

切り替えるように清正は禄之助の屹立《きつりつ》に手を伸ばす。禄之助も興奮にもう少しで破裂してしまいそうなほど膨れ上がっている。

「う……っ」

押し殺した呻き声を上げ、禄之助が清正の手ごと自身を握り込んだ。手の中の熱い肉塊は、清正の指が少し動くだけで、どくどくと血管を収縮させ、さらに硬度を増していく。

「禄之助の、大きくて立派になったな。あんなに小さかったのに」

いつの間にか背だけではなく、ここの大きさも禄之助に抜かれていたのだなと、今さらのように実感する。

拾ったばかりの頃は、禄之助のそこは小指ほどの大きさしかなく、清正は可愛くて仕方がなかった。つついてみたい衝動を必死に我慢しながら、オムツを替えたものだ。それが今や、凶暴なほど成長し、清正の手の中で脈打っている。

「清正……っ」

感慨に耽っている最中、禄之助が呼んだ。そしてぐいっと清正の顎を取ると、また激しく口腔を蹂躙し、舌を攫《さら》っていった。

「ンむ、あ……」

キスが、気持ちいい。酸素をうまく吸えないせいか、頭もぼうっとして、何も考えられなくなりそうだった。だが、清正にとってはそれがぐるぐると巡る思考を止めるにはちょうどよかった。

「禄之助……、んっ」

もっと、とは自分からは決して言えない。それを口にする代わりに、清正は初めて自分から舌先を伸ばし、禄之助を迎え入れる。

と、その途端、握っていた禄之助の性器がぶるりと震え、清正の手の中に大量の精液を撒《ま》き散らした。

「兄さん、キスうまいね」

思わず出ちゃったよ、と前髪を掻き上げながら、禄之助が言う。そんなことはないと思ったが、実際に清正の舌のせいで禄之助が爆《は》ぜたというのなら、そうなのだろう。褒められて、清正の心はほんの少し弾んだ。

「……でも、まだまだ収まりそうもないいんだ」

「付き合うって言っただろう」

きゅっと両脚に力を入れ、清正は太腿のあいだに、まだ硬さを失わない禄之助をそっと挟み込む。

――僕に欲情してくれる限りは、まだ完全にあの女のものになったわけじゃない。

手放さなくてはと思う反面、対抗心は清正の胸にむくむくと育ち続ける。いっそひとつに溶けてしまえばいいと思いながら、清正は禄之助の唇に深く舌を挿し入れた。

「美和子、今日の夕飯は外で食べてくるよ」

階段を下りている最中に、そう言う禄之助の声を聞き、清正はふと立ち止まった。

「わかりました。お友達とですか？」

美和子の質問に、「まあ、そんな感じ」と歯切れの悪い答えを禄之助が返す。それからガラガラと玄関を開けて「行ってきます」の声とともに禄之助が出ていった。

「……今日はバイトだったか」

手すりにもたれかかりながら清正が呟くと、美和子が振り返って言った。

「夕飯は食べて帰られるそうですよ」

「聞いてた。最近頻繁だな、外食が」

「そうですね。……清正坊ちゃんは今晩何が食べたいですか？」

わかっていて話題を逸らそうとする美和子に、清正は訊いた。

「なあ、本当に友達とだと思うか？」

すると、困ったように手を頰に当て、美和子は答えた。

「ひょっとしたら……、御堂さんのところのお嬢さんとかもしれませんねぇ」

「僕もそう思う」

今までも、友人との付き合いで外で食べてくることはあった。だから今回もてっきり友人たちと飲み食いしているかと思っていたが、先ほどの感じだとそうではなかったらしい。友人なら友人だとはっきりと言うだろうし、仮にも彼女持ちの禄之助が他の女と会うようなことは絶対にしないだろうから、十中八九御堂雫との逢瀬《おうせ》だろう。

「……気が合ったのならいいんですけど」

「そうだな」

頷いて、しばらく無言のまま清正はじっと玄関の扉を見つめる。そして手すりから身体を起こすと、美和子に伝えた。

「僕も今日は外で食べてくることにする」

「まさか、禄坊ちゃんのお食事会に割り込むつもりじゃありませんよね」

それに、「まさか」と同じように答えて、清正は肩をすくめた。

「行く先も知らないのに」


……行く先がわからないなら、あとをつければいい。

午後六時半、仕事が終わったばかりの央矩を無理やり連れ出して、清正は禄之助のバイト先近くの喫茶店の窓際に陣取った。

「お前なあ……。やってることストーカーなんだけど、わかってんの？　いくら弟のためだと言っても、さすがに気持ち悪いぞ」

ぶつぶつと文句を言う央矩にメニューを渡し、清正は「夕飯も奢るから」と無理やり口を閉じさせた。

央矩は心配しているようだが、もともと禄之助と御堂雫の邪魔をするつもりは清正にはない。だが、見合いのときに見せたあの笑顔が本物だったのかどうか、もう一度確かめたいだけだ。

確かめたところで、禄之助が付き合っているという事実が変わるわけではないと頭ではわかっているのに、どうしても清正はじっとしていられなかった。清正の中で、今はまだ理性と本能がバチバチと火花を散らして喧嘩をしている状態なのだ。だから、親友にストーカーと罵《ののし》られても、動かざるを得なかった。

ようは自分の心との決着の問題だ。

禄之助は、駅前通りにある本屋とCDショップが併合したチェーン店で働いていて、前に清正が様子見にふらっと立ち寄ったときは、禄之助目当てらしい女性客がレジ前に群がっていた記憶がある。あのときは、禄之助のほうは造りものめいた笑顔しか見せておらず、あくまで接客という態度だったので、嫉妬するなど思いつきもせず、ただ「モテる男はつらいな」と我が義弟を誇らしく思っただけだった。

だが今は、禄之助に近づく女すべてが憎い。

「もうすぐシフト交代のはずなんだ。出てきたら、こっそりあとをつける」

「あとをつけてどうすんだ」

央矩が呆れたようにため息をついた。

「そりゃあ、どこに行くのか見守って、不健全なことをしようとしたら止めるに決まってるだろう」

「不健全って……、成人した男と女がナニをやったって別にいいだろ」

「……」

その言葉は聞かなかったことにして、清正はじっと店を注視し続けた。

そして、間に合わせに頼んだコーヒーを半分飲み終わったあたりで、禄之助が店から出てくるのを確認する。

「よし、行くぞ、チカ」

袖を引く清正に、はあ、と盛大なため息をついて、央矩は懐から財布を取り出した。


バイトを終えた禄之助が向かったのは、駅裏にあるそこそこ値段が張りそうなレストランだった。大学の友達と行くにしては洒落《しゃれ》た雰囲気で、言うなれば、男女のデートによく使われそうな店だ。

「なあ、やっぱりデートだって。帰ろうぜ、キヨ」

央矩が諭すように言うが、清正は断固拒否の姿勢で首を振り、こそこそと中の様子を探ろうとする。しかし外からではわかるはずもなく、どうしたものかと悩んでいると、ちょうど通りに面した席に、禄之助が座った。

「よし、僕たちは向かいの店に行くぞ」

細い道路を挟んだ向かいには、海鮮料理の店があった。その店の二階の窓からは、禄之助の姿がよく見えた。

「何頼んでもいいの？」と央矩がさっきとは打って変わって弾んだ声で訊いた。

「ああ。なんならコース料理でもいいぞ。僕の分も適当に頼んでおいてくれ」

「了解」

ウキウキと店員におすすめを訊きながら注文していく央矩を気にする暇もなく、清正は禄之助の様子を観察した。

まだひとりでぼんやりとメニューを眺めていて、そわそわした感じもなく、いつもどおりの禄之助だ。

自分なら、と清正は思う。自分なら、禄之助との待ち合わせはそわそわして落ち着かない。それは気持ちを自覚した今だけではなく、昔から変わっていない。禄之助と出かけるというだけでワクワクして、楽しかった。明日どこか一緒に行こうと誘われた日には、全人類に自慢して回りたいほど浮かれて、なかなか寝つくことができなかったし、株の急落で何百万と損失が出たとしても一瞬で立ち直れた。

その感覚が好きな人とのデートというものなら、いつもどおりでいられる禄之助は大して御堂雫のことが好きではないのでは、と清正の頭は都合のいいように解釈しはじめる。

しかし、ぱっと顔を上げて立ち上がった禄之助の顔を見て、清正のその考えは急速に萎《しぼ》んでいった。

向かいに座った女性に、満面の笑みを浮かべる禄之助の姿など、見たくはなかった。

「おっ、あれがデートの相手か。この前見合いしたっていう、御堂グループのご令嬢……。

るんじゃないの？」

「へえ、結構いい女じゃん」

お通しのたこわさを箸で摘《つま》みながら、央矩が下品に口笛を吹いた。

「禄之助くんがお前以外にあんなふうに笑ってるの、初めて見たな。結構マジになってるんじゃないの？」

央矩の言うとおり、禄之助が誰かの前で目を細めてまで笑うことは滅多にない。清正か、美和子か、両親に対してだけだ。だからこそ見合いのとき、清正は驚いたし、今もギリギリと冷たい杭《くい》を突き立てられたように、胸が痛い。

それなのに、無神経にも央矩が続ける。

「美男美女夫婦か。子どもが生まれたらさぞ可愛いんだろうな」

——そんなもの、見たくもない。

はっきりとそう思った自分に、清正はぞっとした。

禄之助の幸せを願うなら、血の繋がった家族ができるのは本来喜ばしいことのはずなのに、今はとてもそうは思えない。ただひたすらに自分のエゴで、禄之助を自分の隣に繋ぎ留めておきたいだけになっている。そしてそれが正しい愛ではないというのは、清正も十分に理解しているのだ。

心がバラバラに分離して、引き裂かれるように、痛みが増していく。

「キヨ？」

怪訝そうに央矩が顔を覗き込んでくる。

「……なんでもない」

必死に取り繕おうとして、不機嫌な声が出た。ぐっと唇を嚙みしめていないと、泣いてしまいそうだった。そんな清正の強がりを察したのか、央矩はふっと眉を下げて笑う。

「巣立ちのときってのは、寂しいもんだよ。今日は吞もう。付き合ってやる」

「僕の奢りだけどな」

「割り勘でいいぞ」

言ったと同時に、店員が刺身の盛り合わせと日本酒の酒器を持ってきた。どうやらはじめからそのつもりだったらしい。

ちらりと窓下を覗けば、禄之助が肩を揺らして楽しそうに笑っているのが見えた。御堂雫も同じように笑っていて、まるで長年一緒にいてお互いの癖が移ってしまった夫婦に見えなくもない。

「禄之助くんの門出に」

央矩がぐい吞みを持って清正の前に掲げた。清正も重たげにぐい吞みを持つと、何も言わないままそれを喉へと流し込んだ。

いつもはおいしく感じる酒が、今日はひどく苦かった。

それからしばらくぽつりぽつりとどうでもいいことを話しながら食事をし、一時間ほど経った頃、レストランの窓辺から禄之助と御堂雫の姿が消えた。

　このあとどこかへ行くつもりだろうかと黒い気持ちが湧き上がり、思わず立ち上がると、清正の視線の行方に気づいた央矩がぐっと清正の手を引いた。

「放っておけよ。ストーカー行為に目を瞑るのはここまでだ」

「だが……」

「そろそろ弟離れしろと何度も言ってるだろ。恋人同士で、しかも成人だ。保護者でもないただの兄であるお前に止める権利はない」

　いいから呑めとぐい呑みを無理やり持たされ、清正はくしゃりと顔を歪めた。なみなみと酒を注がれ、手が震えた瞬間、表面張力で保っていたそれがふいに零れて、指先を濡らしていく。

　と、焦ったように央矩が声を上げた。

「おい、本当に、大丈夫なのか？」

　珍しく本気の心配に、「何が」と返そうとして、清正は自分の声までもが震えていることに気がついた。

「あれ……？」

　そして次から次へと、涙が頬を伝い、テーブルの上へと落ちていく。

「……っ」

それを見られたくなくて、清正は咄嗟に突っ伏した。知らないあいだに、かなり酔いが回っていたらしい。一度決壊した涙腺は、なかなか修復できそうになかった。

「キヨ……」

なんと声をかけていいのかわからないのか、央矩は困ったように口を閉ざした。そして言葉の代わりに、ぽんぽんと肩を叩く。

央矩の言うとおり、清正には禄之助の行動や選択に口を挟む権利はない。むしろ兄として背中を押してやるべきなのだ。

それはわかっている。わかっているが、嫌なのだ。兄としてではなく、清正個人として、禄之助に誰かが触れるのは許せない。

この気持ちを誰にもわかってもらえないことが、今の清正にとっては一番つらいことだった。

世界中に味方はひとりもいない。たったひとりになってしまった気がして、声を殺して清正は泣いた。

「なあ、キヨ」

しばらくして、遠慮がちな央矩の声が頭上から降ってきた。返事をするのも億劫《おっくう》で、何も返さずにいると、「もしかして」と躊躇《ためら》いを含んだ質問が飛んでくる。

「お前、ひょっとして禄之助くんのこと……、恋愛的な意味で好きなのか？」

正直、どう答えていいのかわからなかった。

もし頷けば、義兄弟に欲情する変態だと思われるかもしれないし、男が好きなのかと友情を疑われるかもしれない。

だが、清正は何にでもいいから縋りたかった。自分の境遇を、想いを、吐き出して楽になってしまいたかった。そんな気持ちがちらりと湧いたせいか、本当はすぐにでも「違う」と答えなければならなかったというのに、清正は否定も何も言えなかった。そうでなければ肯定したようなものだ。

そして案の定、ぴくりと跳ねた身体と貫かれた沈黙に、央矩はすべてを悟ったようだった。

「そうか」と、神妙に頷いて、それから何を言うかと思えば、身構えた清正に、存外やさしい声で、言った。

「だったら、つらいよな。今まで過度なブラコンだとしか思ってなかったけど、そういうことならお前の行動にも納得だ。禄之助くんを渡したくないっていう気持ち、俺も少しはわかるよ」

「チカ……」

思わず顔を上げ、清正は央矩を見つめた。央矩の顔には、軽蔑《けいべつ》の色は乗っていないようだった。そのことに安堵する。暗い海にぽつんとひとり浮いていた自分に、灯台の光が当たったような、そんな心地だった。

「……誰にも、言えなかった。もちろん禄之助にも」

鼻声のまま、清正は呟いた。

「いいよ、聞くよ。俺でよければ」

「うん」

酒器を傾け、央矩が促す。それにぐい呑みを預け、清正は乱暴に顔を拭《ふ》くと、再び酒を呑みはじめる。

そして、ぽつりぽつり、禄之助への想いをゆっくりと吐き出していく。

「禄之助が見合いを決めたときから、変な気持ちにはなってたんだ。でも、それがなんなのかわからなくて。自分は禄之助の幸せを心から望んでいるのに、いざ女と所帯を持つっていう具体的な想像をしたら、むかついてむかついてたまらなかったんだ」

ぎゅっと胸の前でこぶしを握る。その手を解くように、央矩のやさしい言葉がするりと忍び込んでくる。

「好きな人相手なら当然のことだろ、嫉妬ってのは」

他人の肯定が、これほどまでに嬉しいと思ったことはない。清正は目の奥が痛くなるのを感じて、慌てて目頭を押さえた。せっかく止まった涙がまた溢れてきては大変だ。

「……ん？　でもそれじゃあ、お前が自分の気持ちに気づいたのって、ごく最近のことなのか？」

先日、央矩と呑みに行ったとき、確か恋愛を勧められた気がする。そのときにはまだ、恋というものがなんなのか、清正は気がついてはいなかった。央矩の言う「恋する気持ち」に禄之助への気持ちを当てはめれば、すぐに答えが出ていただろうに。気づかなかった鈍感な自分を、清正は鼻で笑った。

「ああ。それまで禄之助へのこの気持ちが純粋なものだと、少しも疑っていなかった」

思い返せば、何が純粋だというのだろう。禄之助が精通を迎えてから今まで、他人には言えないような関係をずっと続けてきたというのに。

「どうして気づいたんだ？」

央矩が訊いた。興味本位というより、カウンセラーが患者に心の整理を促すような訊き方だった。

「見合い当日、実は今日みたいにこっそり見合い場所に行ってきたんだ。禄之助はどうせいつも他の女の相手をするときみたいに愛想笑いしかしないと思ってたのに――」

素を見せて、笑っていた。心を開いたように、この人なら、と安心し切ったように。

そして帰ってきた禄之助は、結婚を決意していた。嫌そうな素振りすら、清正に見せなかった。

「ふたりが笑い合っているのを見て傷ついて、僕が感じていたのは家族愛じゃなくて恋情なんだと、そのときになってようやく気づいた。……馬鹿みたいだよな。ずっと傍にいて気づかないなんて。それに、そもそも自分の手で育てたようなものだぞ？　そんな相手に恋をするなんて……、おかしいってのはわかってるんだ」

きっと自分は異常者だ。この手で赤ん坊の頃から育てた義弟を、欲情の対象として見るなど、常識的にあってはならない。

央矩にも窘《たしな》められると思っていた。だが、予想外に、央矩は少しも清正を否定することなく、ただただ憐《あわ》れんだ視線を注いでくる。

「馬鹿じゃないしおかしくもないだろ。人間、いつどうやって恋に落ちるかなんて、誰にもわからないんだから」

真面目な顔で返されて、清正はもう一度確かめるように央矩の瞳をじっと見つめた。

「気持ち悪くないのか？　僕のこと。義弟で、男だぞ、相手は」

「真剣に落ち込んでる親友を冷やかすほど腐ってねぇよ、俺は」

それに、と央矩は続ける。

「さっきも言ったけど。お前の言い分を聞いて、すごくすとんと腑に落ちたんだよ。はたから見てもお前の禄之助くんへの愛情は過多だったから。いっそ好きだったたって言われて、そっちのほうが納得できた」

うんうんと頷いて、それから、「ほかにも言いたいことがあったら今のうちに吐き出しておけよ」と促した。

「お前は本当にいいやつだな」

昔から、面倒見がよく、周囲に人が集まる人間だとは思ってはいたが、改めて感心する。自分とは違って、人間ができている。

「だろ？」

謙遜するでもなく笑った央矩に、清正の心は少しだけ浮上した。


言葉を選びながらではあったが、ぐだぐだと禄之助への想いを並べ立てながら浴びるほど酒を呑み、三時間ほど経ったところで、そろそろ帰ろうかと約束どおり清正が支払いを済ませ、陽の落ちた道を家に向かって歩きだす。

しかし、もうすぐ家が見えてくるという帰り道の公園前で、清正はぴたりと足を止めて蹲《うずくま》った。

帰って禄之助がいなかったら、嫉妬で気が狂ってしまうかもしれない。泣いて喚いて、美和子や両親に不審に思われるかもしれないと思うと、途端に家に帰るのが嫌になったのだ。

「どうした」

央矩が座り込んで動かない清正の隣に、同じように蹲る。

「もう少し話すか？」

うん、と清正が頷くと、「ちょっと待ってろ」と央矩が近くのコンビニへと走って、何を買ってくるかと思えばまた酒だった。少し値段の張るビールを掲げ、公園のブランコへと清正を誘う。

「付き合わせて悪いな。……帰ってみて禄之助がいなかったら、あの女とまだ一緒にいるってことになるだろう。そんな現実、受け入れられる気がしなくて」

「わかるよ」

ぷしゅっと缶を開け、どちらからともなく乾杯をし、清正は一気にビールを流し込んだ。いっそ酔い潰れて、記憶を失くした状態で帰ってそのまま寝てしまいたいとすら思う。

「……禄之助は僕のなのに」

虫の声がやかましく響く夜の空気に、ペコッと缶がへこむ音が混じる。

「どうすればいいのか、わからない」

弱々しい声で、清正は言った。

禄之助へのこの気持ちが、消えてなくなるとは到底思えない。この気持ちを抱いたまま生き続けないといけないのかと思うと、つらくてつらくて気が狂いそうになる。

世間的には、清正は沈黙を貫いて、禄之助が幸せな家庭を築くのを見守るのが最善手なのだろう。だがそうなると、清正はどこに救いを求めればいいのだろう。

――どうしたら、少しはこの気持ちが楽になるのだろう。

その答えを求めて、央矩に訊く。

「僕はどうしたらいい？」

ううん、と唸って、央矩は地面を蹴った。少しずつブランコが勢いを増して、錆《さ》びた鎖がギイギイと音を鳴らした。

「失恋の痛みには、新しい恋愛って言うけどな。お前に合った人を根気よく一緒に探してやるくらいしか、俺にはできないかな」

至極真っ当な答えだ。無責任なことを、央矩は言わない。こういうところが気に入って、清正は大学を卒業しても央矩と友人関係を続けてきたのだ。

「……お前を好きになればよかったな」

そう清正が零すと、やんちゃな子どもみたいにブランコから飛び降りて、央矩は清正の傍までやって来た。そしてあやすように清正の頭をぎゅっと抱きしめて、言う。

「よしよし。いいぞー。俺が恋人になったら、とことん甘やかしてやるからな。どこに行くにもついていって、もちろんほかの男とは一緒に呑みに行ったりも絶対させないし、門限は夜の八時にするからな」

「束縛がひどい彼氏もいたもんだ」

冗談だとわかっているからこそ、清正は安心して央矩に身を預ける。

まだとても新しい恋など探せそうにもなかったが、今このときだけは、親友の温もりに心が救われた。少なくとも、ここにひとり、自分を理解して受け入れてくれる人間がいるのだ。それはとてもありがたく、心強いことだった。

「新婚旅行は熱海《あたみ》にするか。温泉に入って懐石料理を食べつつ銘酒を呑む」

ふざけた調子で央矩が言う。

「いいな。海外じゃなくて近場な温泉地というのは好感が持てる」

「お前は本当に出不精だからな。旅行に連れだすだけでも大変そうだ」

「結婚式はどうする？」

ふざけついでに、清正は訊いた。

「いっそ派手婚にするか？　ふたりとも純白のタキシードで」

「お前はウェディングドレスでもいいんだぞ」

自分で言って、しかし清正の頭に、純白のウェディングドレスを着た御堂雫と、隣に立つ禄之助の姿が浮かんでしまった。

「……っ」

情緒不安定に泣き出した清正の背中を、赤ん坊を寝かしつけるときのように、トントンと央矩がリズムよく叩きはじめる。

「おうおう、泣け泣け。そんで、すっきりしたら、俺と結婚すればいい」

それに、「うん」と泣き笑いで答えて、清正は顔を上げようとした。

そのときだった。

「……何してんだよ」

ひどく冷たい声がしたかと思うと、清正を抱いていた温もりが、ふいに離れていく。

「え……？」

状況を理解するまで、時間がかかった。

気づけば目の前には禄之助がいて、地面には央矩が転がっていた。

「チカ……⁉」

どうやら禄之助が央矩を突き飛ばしたらしい。清正は慌てて央矩に駆け寄ろうとしたが、禄之助に抱き寄せられて叶わなかった。

「なんてことを」

あれほど傍にいて欲しいと願った禄之助が今ここにいることは嬉しいが、どうして央矩を突き飛ばしたのか、清正にはわからない。

「二宮さん。兄にちょっかい出すの、やめてくれませんか？」

禄之助の聞いたこともないような冷め切った声に、清正は混乱した。

――こんな禄之助、僕は知らない。

禄之助は人にやさしくて、暴力なんて振るったこともないような品行方正な人間だ。いくら央矩が苦手だといっても、理由もなしにこんなことをするとは思えなかった。

「……っ、いたた……。いくらなんでも、いきなりはないだろ」

転んだ拍子に口の中が切れたのか、央矩が頰を押さえて口を開け閉めする。

「あなたが兄を誑《たぶら》かそうとしたからでしょう？」

「誑かす……？」

もしかして、先ほどまでの会話を聞いていたのだろうか。だとしたら誤解だ。

「禄之助、違う、それは僕が……」

「違う？」

央矩に向けられていた冷たい視線が、今度は清正のほうに向いた。

禄之助は、怒っていた。縄張りを荒らされた雄の肉食獣のように、獰猛な目がギラギラと異様な光を帯びている。

「兄さんのほうが二宮さんを誑かしたってわけ？」

禄之助の腕にぐっと力が入り、抱えられた清正の肋骨《ろっこつ》が悲鳴を上げる。

「い……っ」

いつもなら、清正が痛がる素振りを見せればすぐに心配するのに、今日の禄之助は心配するどころか、チッと舌打ちをし、乱暴に清正の手首を摑んで歩き出す。

「おい。キヨが痛がってんだろ」

央矩が立ち上がり、禄之助の背中に投げかけた。しかし禄之助はまるで何も聞こえないかのように無視をして、清正を無理やり引きずっていく。

「チカ、大丈夫か？」

首だけ振り返って問い質すと、央矩は問題ないというように手をひらひらと振って見せた。

「俺は平気。こっちはいいから、お前はちゃんとそいつと話をしろよ」

「……悪い。この埋め合わせは必ず」

央矩の怪我は心配だ。だが、申し訳ないとは思いつつ、それ以上に今の禄之助の状態が、清正は心配だった。

どう見ても、今の禄之助は異常だ。この二十一年間、ここまで怒りを露《あらわ》にした禄之助を見たことがない。

「そんなに引っ張らなくても、ちゃんと歩く」

そう言っても、禄之助は手の力を緩めず、人気のなくなった閑静な住宅街を黙々と歩いていく。

家の前に着き、閉じられた門を開くと、家の灯《あか》りがほぼ消えていて、まだ両親が帰っていないことがわかった。近頃の両親は、いつにも増して忙しそうにしている。美和子ももう家政婦の仕事を終えて退勤したようだ。

つまりは禄之助とふたりきりということになる。

「禄之助、どうしてチカにあんなことをしたんだ？　何か他に嫌なことでもあったのか？」

鍵を開ける禄之助に清正は問い掛けた。だが、禄之助は無言を貫き、そして玄関に入るなり、後ろから再び清正を強く抱きすくめた。

こんな険悪なムードだというのに、密着した熱に、どきりと胸が高鳴った。

「兄さん」

囁いた息が耳朶《じだ》に当たったかと思うと、そのままがぶがぶと耳殻《じかく》を噛まれる。そして大きな手が服の中に忍び込み、ぷっくりと膨れた乳首を摘む。

「ん……っ、禄之助……」

どうした、と訊くまでもなく、押しつけられた腰から伝わる硬い感触に、禄之助が欲情しているのがわかった。

――どうして急に……？

自分に欲情してくれるのは嬉しい。だが、怒りに任せてこんなことをされる理由が清正にはわからない。

もしかしたら、御堂雫に同衾《どうきん》を断られでもしたのだろうか。だから大人のデートにしては早めに帰ってきて、たまたま公園で清正を見つけ、央矩と恋人のような会話をしていたのを聞いてしまったのだとしたら、怒る理由もなんとなくだがわかるような気はする。

自分は彼女と何もできなかったのに、義兄は男と抱き合っている。そんなものを見せつけられたら、イライラしても仕方ないのかもしれない。イライラついでに湧き上がった興奮を、清正にぶつけようとしている――とそんなところだろう。

だが、誤解だ。清正は央矩とは何もないし、この先誰とも関係を持つつもりもない。

「あ……っ」

禄之助の手が、清正の股間を撫で、思わず上擦った声が洩れた。このままでは、ここで暴発しかねない。

「禄之助、せめて部屋に」

性欲を自分にぶつけても構わないが、両親に見つかることだけは絶対に避けなければならない。清正が懇願すると、禄之助はぎゅっと眉間にしわを寄せ、しかしその願いを聞き入れて、清正を自室へと引っ張り込んだ。

どさりと布団へと押し倒し、性急に服を脱ぎはじめる。清正の服もあっさりと剝ぎ取られ、裸の胸がぴたりと合わさる。

禄之助の心音か、はたまた自分のものなのか。どくどくと激しく鳴る鼓動が、ますます下半身に血を集めていった。

「ん、むっ、ン……ッ」

嚙みつくようなキスをされ、平らな胸を激しく揉みしだかれる。乳首を指で強く弾かれ、その痛みに清正はびくりと腰を反らして跳ねた。

「ねえ、兄さん。あいつにはどこまで許したの？」

ふいに訊かれ、清正は痛みの余韻が残ったままの引き攣った顔で、首を傾げた。

「どういう、意味だ……？」

「二宮さんに、どこまでさせたかって訊いてるんだよ。キス？　抜き合い？　それとももうセックスもした？」

イラついた声で、禄之助がさらに強く乳首を弾いた。

「あぁ……っ」

やはり、誤解している。央矩と自分はそんな関係ではない。

「違う、あれは、冗談で……」

「冗談？　夜の公園で泣きながら抱き合ってたのに？　じゃあなんで兄さんが泣いてたのか、理由を話してよ」

「それは……」

――禄之助に失恋したからだなどと、言えるはずもない。

これから先、いつか結婚して幸せな家庭を築くはずの義弟に告白してしまったら、一生消えない傷になる。自分にとっても、禄之助にとっても。

「ただ、酔っぱらって情緒不安定になってただけで、深い意味はない」

「酔っぱらって泣いて抱きしめ合って、結婚の話をするの？」

じっと怖いくらいまっすぐに、禄之助は清正を見つめてくる。まるで少しの嘘も許さないと言うかのように。

「……なんでそんなこと気にするんだ。あいつとは本当に何もないし、仮にあったとしても僕の自由だろう」

そう、自由だ。清正が誰と何をしても自由なように、禄之助が誰と何をしようが清正には止められない。兄弟というのは、本来そういうものだ。

これ以上訊かれたくなくて、清正は禄之助の首に腕を回すと、唇を塞ぐように自らキスを仕掛けた。

しかし、それがいけなかった。

「ごまかすんだな」

昏《くら》い目で、禄之助が清正を見下ろした。そして言う。

「だったら、確かめていい？　兄さんがあいつに穢《けが》されてないか」

「そんなの、どうやって……」

清正が訊き返すや否や、禄之助の手ががばりと清正の両脚を掴んで割り開いた。

「な……っ」

遮るものもなく曝《さら》け出された自分の屹立に、清正は思わず目を閉じた。

「もうこんなに硬くしちゃって。……兄さん、本当は俺にこうされるの、楽しみにしてるんでしょ？」

ぴんっと先端を軽く弾かれ、痛いはずなのに清正のそこはさらに硬度を増して、脈打った。これでは禄之助の言葉を肯定しているようなものだ。

「そんな、ことは」

「前から思ってたんだ。兄さんって快楽に弱いよね。ダメダメ言いつつ、俺がお願いすると絶対に断らないし、最終的には気持ちよさそうに喘いでるし」

ふっと笑って、禄之助がゆっくりと身体を下にずらしていく。そして何をするかと思えば、大きく口を開いて、ピクピクと震える清正の性器を丸ごと咥《くわ》え込んだ。

「あン……っ！　禄之助、何を……っ⁉」

あまりに衝撃的な光景に、清正は慌てて禄之助を引き剝がそうとする。だが、がっしりと清正の太腿を摑んだ禄之助は、とても引き剝がせそうにない。それどころか、ゆっくりと頭を前後させ、清正のそれを舌を使って舐めしゃぶりはじめた。

「あっ、ああ……っ」

ぬるぬると生温かい粘膜に包まれて、腰が蕩《とろ》けそうになる。初めての感覚に、清正の手はすぐに禄之助を押し返すのをやめ、シーツを搔いた。まるで生き物のように、清正の性器に舌が吸いついてくる。裏筋を舐められ、鈴口や雁首《かりくび》を刺激され、止めなければと思うのに身体は快楽を追ってしまう。

それはそうだ。長年抜き合いをしてきた仲で、さらに言えば禄之助は清正の想い人だ。好きな人に触れられて、与えられた快楽に逆らえるはずもない。

「だめ、ダメだって……っ」

清正の言葉がただのふりだと、禄之助にはきっとばれてしまっている。

「嘘つき」

その証拠に、禄之助が清正の先端を舐め上げて言う。

「気持ちいいくせに」

「……っ、よくない」

せめてもの抵抗にと、清正は首を横に振った。

しとどに濡れ、完全に勃起した状態の清正の性器では、説得力は皆無だ。だがそう言うほかなかった。認めて身を任せてしまったら、きっと余計なことまで言ってしまう。

馬鹿みたいに禄之助を求めて、うっかり告白でもしたら悲惨だ。だから身体は従っても、口だけは頑なに禄之助を拒み続けなければと、清正は飛びそうになる理性の端を摑んで決めた。

「……そっか。まだこんなんじゃ兄さんは気持ちよくないんだ。……だったらもっと気持ちよくなることをしなくちゃいけないな」

ふうん、と冷めた目で禄之助が呟いた。そして次の瞬間、ぐいっと清正の腰を引き寄せて、性器よりさらに奥――肛門へと鼻先を近づけていく。

「禄之助……!?」

まさか、と驚くのと同時に、禄之助の舌が閉じた穴の縁をべろりと舐め上げた。

「うそ……っ、ダメだ、そんなところ、汚い……っ」

帰ったばかりで風呂にも入っていない状態なのに、そんな清正の排泄器官に口をつけるなど言語道断だ。羞恥心が極限まで膨れ上がり、清正は必死の抵抗を始めた。

しかし、それを難なく制し、禄之助は遠慮の欠片もなく清正の恥部を舐め続ける。

「や、だぁ……」

ぬるぬると縁を舌先が這い回り、時折閉じた穴に侵入しようと試みるが、固く閉じたそこは禄之助を頑なに拒んだ。

「こっちは使ったことがないみたいだね」

禄之助がほっとしたように零すが、清正にはなんのことだかさっぱりわからない。

「使うって、なんだ……っ、くっ、やめろ、禄之助」

そんなところ、排泄以外に使ったことはないし、舐められることがあるなんて思ってもいなかった。

「アナルセックスだよ」

「あな……っ⁉」

その単語を聞いて、清正はぎょっとした。禄之助から下品な言葉が出るとは思わなかったのもあるが、前に一度調べたことを見透かされたかと思ったのだ。やましい気持ちがあったからこそ、過剰に反応してしまった。

「そっか。二宮さんとはしてないんだ」

「するわけがないだろう！」

央矩とのそれを想像しかけて、ぶわりと鳥肌が立つ。こんなふうに禄之助以外の人間と裸で抱き合うのは、死んでもご免だ。

それなのに。

「でもいつかはするつもりだろ？」

清正の想いは微塵も伝わらないまま、禄之助がそう吐き捨てる。

「は……？」

恋人だと誤解しているから、ゆくゆくは清正が央矩とセックスすると本気で思っているのか。

——たとえ禄之助が僕のものにならなくても、せめて僕の想いだけは誤解して欲しくない。生涯お前ひとりだと、それだけはわかって欲しい。自分は誰のものにもならないと。

「こんなこと、お前以外とするわけがない……っ」

清正は必死にそう訴えた。ばちりと目が合い、禄之助の冷めた視線が一瞬歪む。

しかし、ふんっと鼻を鳴らすと、禄之助は止めていた手を動かしはじめた。だらりと唾液を穴めがけて垂らしたかと思うと、それを潤滑油に今度は舌ではなく節くれだった指を突き立てる。

「んン……っ」

舌とは違って質量のある太い指に、一瞬引き攣れた痛みが襲った。

「そんなの、信じられるわけないだろ」

清正のほうが物理的に傷つけられているはずなのに、禄之助のほうが傷を負ったような顔をする。本当は、禄之助もこんなふうに責めたくはないのかもしれないと、ちらりと思った。

「……ッ、じゃあどうしたらお前は僕を信じてくれるんだ？」

清正が訊くと、ほんの少しだけ禄之助の瞳が戸惑いに揺れた気がした。そして瞬きのあいだに、いつもの禄之助のような庇護《ひご》欲をそそる表情に戻って言う。

「だったら、……俺が兄さんの初めてをもらっていい？」

「初めてって……」

「兄さんのここに、俺のを挿《い》れたい。――繋がりたいんだ、清正と」

ぐるりと縁をなぞられ、ゆっくりと指先が内部へと押し込まれる。と思えばすぐに引かれ、何度も浅く出入りを繰り返される。

「あ、ああ……っ」

「ねえ、いい？　じゃなきゃ不安なんだ。兄さんの一番が、俺じゃなくなるみたいな気がして」

不安そうに、禄之助が清正の内腿を撫でる。窺うようにじっと見つめられ、清正の心は簡単に押し流された。

――禄之助に求められるのは、これが最後かもしれない。

そう思うと、禄之助のすべてを知りたいという欲望が清正の中で膨れ上がった。

「それを許したら、信じてくれるのか？」

「うん」

清正は合意の言葉代わりにそっと脚の強張りを解いて、禄之助に身体を預けた。その意味をきちんと汲《く》み取って、禄之助がほっとした顔で内腿にキスをした。

「ありがとう」

「ん……、なるべく痛くしないでくれ」

「わかってる」

唾液をさらに穴に流し入れ、その助けを借りてだんだんと指が奥のほうへ進んでいく。

一本目が楽に出入りするようになると、禄之助は指を増やし、丹念に縁を拡げていった。

「清正、痛くない？」

訊かれ、清正は枕に顔をつけたまま、首を横に振った。想像していたより痛くはない。

……痛くはないが、指が抜けるたびにひやっとする。感覚が排泄に似ているのだ。粗相をしてしまうのではないかと気が気ではない。指と舌の出し入れで数十分、清正はその間ずっと先ほどまでとは違う意味で緊張しっぱなしだった。

幾分スムーズに指を受け入れられるようになると、禄之助は少し強めに奥を擦るようになった。はじめは圧迫感しかなかったが、時間が経つにつれ妙な疼きが生まれる。

「あ、あ……っ」

そしていつの間にか清正はだらしなく口を開け、喘いでいた。

「へえ、やっぱいいんだ、ここ」

「禄之助、何か、変な感じが……っ」

「前立腺だと思う。ここ、男のGスポットらしいよ。ねえ、清正も気持ちいい？」

そう訊きながら、禄之助は中で指を動かした。返事の代わりに、あああっ、と呻きにも似た声が清正の口から洩れ出る。

「よさそうだな。そろそろいけるかな。清正、これ、もう挿れてもいい？」

これ、と言われ、恐る恐る目線を向けると、禄之助が清正のものとは比べものにならないほど怒張した性器を、興奮に胸を上下させながら扱いていた。そして返事を聞く前に、はあ、と熱い吐息を清正の尻に吹きかけ、桃でも齧《かじ》るようにそこに噛みついた。

「いたっ」

清正が声を上げると、禄之助は「ごめん」と余裕なく呟いて身体を起こし、それからぐっと切っ先を解れた穴に宛がった。

「ひ……っ」

指とは違う質量のそれが、みちみちと縁を押し拡げ、入ってくる。おあずけを喰らっていた禄之助は、先端が埋まったところで歓喜の声を上げた。

「ああ……、想像してたよりずっといい」

清正は？　と訊《たず》ねられたが、清正は異物感をいなそうと深呼吸することに必死で、答えるどころではない。ねえ、と禄之助が促すように腰を進めた。

「あう……っ」

指で届かなかった内壁を一気に穿《うが》たれ、清正はその苦しさに歯を食いしばった。

「あれ？　痛かった？　大丈夫？」

気遣うように声をかけるが、しかし禄之助は動きを止めず、清正の内部を味わうように小刻みに腰を打ちつけ続ける。

「あっ、あっ、あんっ」

抑え切れなかった清正の声が、禄之助の律動に重なる。床がぎしぎしと軋《きし》み、その音で清正は今さらながら、ああ、禄之助とセックスしている、と実感した。

「ごめん、ちょっと、これは、止まらないかも……っ」

たまらない、というふうに、鼻息も荒く禄之助が囁く。

「清正、自分で扱いて」

別に禁じられていたわけではないが、清正はずっとそこに触れるのを我慢していた。禄之助に言われ、そろそろと手を伸ばし、握り込む。清正の性器は、自分でも信じられないくらい熱く固く猛っていた。

「ふああ……っ」

敏感になっている亀頭に触れ、はしたない嬌声が上がる。しかし一度触れてしまえば、もう止めようがなかった。

夢中で屹立を扱いていると、禄之助の先端が前立腺を掠め、一際大きく清正は啼いた。もう腰を上げているのもつらい。だらだらと涎《よだれ》と先走りを垂らしながら、ひたすらに喘いだ。

「清正、気持ちいい？　ねえ」

パンパンと肉のぶつかる音がさらに激しくなる。揺さぶられながら、清正は頷いた。

――いい。気持ちいい。

最初は抵抗していたのが嘘のように、今ではすっかり蕩け切り、自ら積極的に腰を振っている。そんな自分を客観的に見つめながら、それでも清正は快楽に抗えなかった。

「禄之助、気持ちいい……、いい……っ」

「くそっ」

清正のその声に煽《あお》られたのか、禄之助は吠えながら達し、がぶりと清正の首に噛みついた。

腹の中で禄之助の剛直が脈打つのを感じ、清正は無性に泣きたくなり、うーっ、と唇を噛んで唸った。射精して少し理性を取り戻した禄之助は、清正が泣いているのに気づいて慌てて性器を引き抜く。その衝撃で「あっ」と清正も達しそうになり、その機会を逃すまいと一心に解放を求める性器を擦る。

「ううっ」

チカチカと目の前を星が舞い、清正はかつてないほどの快楽の中、吐精した。

だらだらと溢れ続ける熱に、ごっそりと体力までもが持っていかれる。くたっと布団に突っ伏すと、禄之助が覆いかぶさり、泣いている清正の顎をぐいっと自分のほうへ向けた。

そして強引に唇を奪い、その後、ぎゅうっと力いっぱい清正を抱きしめた。

隙間なんてなくなってしまえばいい、とでもいうようにぎゅうぎゅうと抱きしめられ、その必死さに清正は胸が熱くなった。

「ごめん、俺、夢中になっちゃって、やさしくしてあげられなかった。兄さん、大丈夫？泣かないで」

肩を震わす清正に、禄之助は謝り続けた。

——違うんだ、禄之助。

清正は泣きながら思った。

——ちっとも嫌ではなかった。それどころか、浅ましいくらいに自分も求めてしまった。だが、禄之助のことを思うなら、するべきではなかった行為だ。それなのに自分は諭しもせず、己の欲望を優先させてしまった。

その一方で、禄之助の熱を知ったことで、清正の身体と本音は悦《よろこ》んでいる。その矛盾に戸惑い、清正は泣いているのだ。

——もう、間違えられない。これっきりだ。これ以上禄之助を間違えさせてはいけない。

失われる熱が悲しくて、清正はそのまましばらく泣き続け、そして体力が尽きると、眠りの中へと落ちていった。

やってしまった。

欲望を吐き出して、すっと身体から熱が冷めたとき、禄之助は自分が嫉妬に駆られてとんでもないことをやってしまったと顔を覆った。

＊＊＊

「兄さん……」

意識を失ってぐったりとした清正の額に貼りついた前髪を払う。血色のいい頬にひとまずは安心するが、ところどころ禄之助が噛みついた痕が痛々しい。

だが、その噛み痕を見ているうちに、禄之助が感じはじめたのは、後悔よりも決意のほうだった。

清正の意思を強引に捻《ね》じ曲げて、無理やり同意を得たことについてはやりすぎだと自分でも思うが、それ以外についてはむしろよかったと思ったほどだ。

清正の初めてを、自分が奪った。

白く深く積もり続けた初雪に、一番はじめに足跡をつけたのは紛れもなく自分だという、高揚感にも似た爽快感。

誰のものでもなかった清正を抱けたことは、僥倖《ぎょうこう》だった。そして同時に思い知ったのだ。

――いつか、いつかと告白を先延ばしにしていたら、清正は自分以外の誰かに掠め取られてしまう、と。

央矩と抱き合っているのを見て、自分の考えが甘かったことに痛いほど気づかされた。今まで友人だったからといって、いつどこで恋に落ちるかわからない。清正にとって自分が一番だからと慢心して、それに向き合うことから逃げていた。

自分のその醜態《しゅうたい》をまざまざと見せつけられた気がして、禄之助は動転した。

その結果がこれだ。

だったら、禄之助のすることはもう決まっている。

禄之助は、規則正しい呼吸を繰り返す清正の身体を丁寧に清めて、起こさないように慎重にパジャマ代わりの甚平を着せた。

そしてスマートフォンを手に取ると、メール画面を開く。

『明日、お話ししたいことがあるので、一時間ほどお時間いただけますか？』

送信先は、もちろん御堂雫だ。

数分も経たないうちに、『午前中なら大丈夫』と返事が来て、禄之助は御堂雫に再び会いに行くことになった。

ふうっと息を吐き、禄之助は清正に視線を落とすと、そっとスマートフォンのカメラを向けた。音が出ないようにスピーカー部分を指で押さえ、シャッターを切る。

撮った写真は、鍵つきのフォルダに振り分け、禄之助しか見られないようにしている。今までこっそりと隠し撮りをした写真は、とうに五百枚を超えていた。初めてスマートフォンを買ってもらった中学生のときから、もう九年近くになる。

まだ十代の清正の懐かしい写真を眺めて、禄之助はふっと笑った。このときから、清正への恋心を胸に秘めて過ごしてきた。

この恋を、実らせなければならない。

清正を幸せにするのは自分でなければならないと、はっきりと思う。

そのためには、最初から小賢しい駆け引きなどするべきではなかったのだ。

たとえ恋愛対象としては見られないと言われたとしても、生涯をかけて、清正の恋情を自分に向けさせる。

絶対に、諦めたりしない。

「俺、決めたよ、兄さん」

その覚悟を湛《たた》えた目で、禄之助は寝ている清正の唇に、静かにキスを落とした。

＊＊＊

いつの間にか気を失っていて、アラームの音に目を覚ますと、もう朝だった。

清正はぼんやりとした頭で辺りを見回し、そこが自室ではなく禄之助の部屋だと気づく。

そして、その途端、昨夜の記憶が一気に蘇った。

「あ……、僕は、」

――昨夜、禄之助に抱かれたんだ。

慣れない姿勢を取ったせいか、身体の節々が痛みを訴えていた。それに、首筋だけではなく、全身のいたるところに禄之助の噛み痕がついていた。まるで所有印をつけられたようで、清正はむず痒《がゆ》い嬉しさと恥ずかしさに、ぶわっと顔を赤くした。

しかし高揚は一瞬で、すぐに冷静さが頭に過《よぎ》る。

禄之助に抱かれたのは僥倖だった。だが、自分の恋情とは違って、禄之助のはただの執着心に違いない。幼い頃から大事にしていたぬいぐるみを盗られた子どものように、央矩が清正を奪おうとしていると勘違いしたからこそ、強引にも迫ってきたのだろう。

昨日の禄之助は、清正を抱くことでしか清正を取り返す術がなかったのだ。

もしかして、など過度な期待をして、いずれ結婚する禄之助の姿を未練たらたらで無様に見送りたくはない。清正はそっと胸に手を当てて、一度だけだが抱かれたことを喜ぶことにした。

これでもう、清正の想いは叶ったのだ。あとはもう、今までどおり、昨夜のことを忘れたふりで、ただの兄として生きていく。

「禄之助……」

名前を呟いて、そこで清正ははっと気づく。

――禄之助はどこに行った？

いつもの後朝なら隣で寝ているはずなのに、今日に限ってはいない。

最後の一線を越えてしまったことに気まずさを抱えて別々に寝たのかもしれないが、このまま気まずさを引きずってしまえば、取り返しがつかないことになりそうな不安が、清正の胸に滲んだ。

慌てて起き上がると、痛む身体に顔を歪めながら清正は一階に降りた。リビングには誰もおらず、キッチンには美和子がいて、朝食を作ってくれていた。

「美和子、禄之助は？」

「禄坊ちゃんなら先ほどお出かけになりましたよ」

「こんな時間から？」

時計を見ると、まだ七時を過ぎたばかりだ。両親も起きてきておらず、コトコトと鍋の煮える音だけが家の中を満たしていた。

「ええ、何やら駅前で待ち合わせがあるようなことをおっしゃってましたけど」

美和子の言葉に、清正は頭を殴られたような気分になった。こんなときに禄之助が会いに行く人物など、ひとりしかいない。

「僕もちょっと出てくる」

「清正坊ちゃん？　朝食は？」

「あとで食べるから取っておいてくれ」

甚平姿のまま、清正はひとまずスマートフォンだけを手に家を飛び出した。

先ほど、と美和子が言ったことからも、まだ大して遠くまでは行っていないはずだ。それに、行き先が駅前とわかっているのなら、見つけやすい。

サンダルで何度も躓《つまず》きながら、清正は走った。

――もし、禄之助が僕との関係に罪悪感を覚えて彼女と別れようと思っているなら、大きな間違いだ。

確かに、抱かれたことは嬉しかったし、このまま禄之助を手元に繋ぎ留めておきたいと思っているのは事実だ。だが、清正は禄之助の幸せを邪魔するつもりは髪の毛一本分もない。

禄之助が選んだ未来なら、自分の想いは封印してでも祝ってやりたい。そしてこれは客観的に見ても明らかなように、自分といるよりは御堂雫という女性と一緒にいたほうが、苦難もないだろうと思う。

男同士で義兄弟。

そんな不健全な関係が、後ろ指を差されないわけがないのだから。

禄之助のことを思うなら、この手を離して、もっと広い世界でお似合いの人間と巡り合わせてやるほうが絶対にいい。禄之助だけではなく、両親のためにもだ。きっと孫の顔だって見たいだろう。

——別れるなんて馬鹿なこと、してくれるなよ。

——……本当は、して欲しい。

そんな裏腹な気持ちを抱えて、清正は住宅街を駆け抜ける。

そして駅前に辿り着いたとき、ちょうどチェーンのカフェに入っていく禄之助を見つけた。しかし、清正の悪い予感は当たっていた。禄之助の隣には、御堂雫が立っていたのだ。禄之助もひどく緊張した面持ちで、やはり昨夜の清正との行為を後悔しているに違いなかった。

弁解の時間が欲しい。あれはただの事故で、昔から自慰の手伝いをしてきた仲だから、たとえセックスをしたとしてもその延長みたいなものだ。不貞には当たらないし、禄之助が思い詰めることでもないのだと。

だが本当は、禄之助が後悔しているかもしれないということが、清正にはつらかった。抱かなければよかったと、後ろ暗い後悔の記憶になるのは、胸が張り裂けそうになるくらい、つらい。

どうしよう、と思いつつ、清正はふたりのあとを追いかけた。

自分が割って入って、何を言えばいいというのだろう。いきなり義兄が乗り込んでいっても、向こうからすればわけがわからないだろうし、まず何から話せばいいのかもわからない。

とりあえずこっそりふたりの会話を盗み聞いてから決めようと、清正はそうっと死角に席を取った。よれよれの甚平にサンダルという清正の格好に、店員が少し不審な目を向けてきたが致し方ない。

耳を欹《そばだ》てて、清正は息を殺した。

「……そんなに神妙な顔することないんじゃない？」

御堂雫が禄之助を励ますように親しげな声色で話しかけた。

「……でも、俺のせいで予定が狂ったんだ。本当に申し訳ないと思ってます」

そう言って、禄之助が頭を下げた。

――やっぱり、禄之助は別れを切り出したのだろうか。

清正がカフェに入って聞き耳を立てる前に、すでに禄之助から話がなされてしまったようだ。

「……うーん。でも、ちょっと考え直してみて欲しいんだけど。別にあなたの気持ちがどうであろうと、私たちの付き合いには関係がなくない？」

御堂雫が肩をすくめ、首を傾げた。

──……は？

「え？」

清正がそうしたように、禄之助も眉を顰める。

「どういう意味ですか」

禄之助が硬い声で訊き返すと、御堂雫は呆れたようにため息をついた。

「だってそうでしょう？　もともとただの契約恋愛みたいなものだったし。私もただ世間体とか面倒事が嫌なだけだったから、それなりの姿を両親に見せたかっただけだし。……それに、いくら長く付き合ったとしても、私たちのあいだに愛が生まれるなんてことはないしね」

──愛が生まれることはない？

それを聞いて、清正は眉間のしわをさらに深くした。

一体どういうつもりだろう。見合いや昨日の食事の際は、あんなに楽しそうにふたりで笑い合っていたというのに。

「雫さんは恋人一筋ですもんね。俺がつけ入る隙もないくらい」

ふっと、苦笑するように禄之助が言った。

――恋人だと⁉　禄之助もそのことを知っている感じだし、どういうことなんだ……？

ぐるぐると、清正の脳がフル回転する。

御堂雫には恋人がいて、だが禄之助と付き合っているということは、相手は両親に紹介できないいかがわしい人間だということだ。不倫でもしているのだろうか。

しかも、それを禄之助は知っていて、受け入れている様子だった。もしそうなのだとしたら、禄之助が彼女と付き合う理由は気が合ったからなどではなく、完全に家のためということになる。

きっとお見合いの日にそれを打ち明けられていたにも拘らず、いや、聞いたからこそ、御堂雫と付き合って、両親の会社への投資を融通してもらうために、禄之助は自らを犠牲にする覚悟を決めたのだろう。

――そんなのは、あんまりだ……。

清正が禄之助の手を離そうと決めたのは、禄之助に幸せになって欲しかったからだ。血の繋がった家族を持って、愛に溢れた家庭を築けば、禄之助が孤独になることはないだろうと、断腸の思いで決心したのに。

――それなのに、愛が生まれることはないだと？

　御堂雫が冷静な声で淡々と説明する一方で、清正の感情はどんどん怒りに燃えていく。

「そう。禄之助くんは隠れ蓑《みの》。あなたと本気で恋愛できるわけもないし、ビジネスパートナーのつもり。だからこれからも私と――……」

　そして、この言葉が決定打となり、清正は勢いよく椅子から立ち上がって、ふたりのいる席に詰め寄った。

「あんたは禄之助をなんだと思ってるんだ‼」

「兄さん⁉」

　驚いたように、禄之助が目を見開く。御堂雫もぎょっとしたように目を瞠る。

「愛がない？　禄之助と本気で恋愛できないだって？」

　愛している大事な義弟だからこそ、別の人間と愛を築いていくのを見守ろうと決めたのに、それが愛の芽生えも期待できない契約恋愛では、禄之助が不幸すぎる。

「だったら禄之助は返してもらう！　僕のほうが……、」

　清正はぐっとこぶしを握り、御堂雫を睨みつけた。そして息を吸うと、絞り出すように言った。

「僕のほうが禄之助のことを愛してやれる……！」

　こんな女に、禄之助を渡したくない。不幸になるとわかっているのに、譲れるわけがない。たとえ自分の気持ちがばれてしまったとしても、禄之助に気持ち悪いと拒絶されたとしても、この場面で引き下がれるほど、清正は冷静ではいられなかった。

「兄さん……」

禄之助が呟いた。その声に振り向きかけて、清正は躊躇《ちゅうちょ》した。禄之助が今どんな顔をしているのか、知りたくはなかったのだ。

その代わり、心が折れる前に清正は続けた。

「御堂さん、どうぞお引き取りください。今後の交際については僕が絶対に許しませんから。会社の件だって、僕がなんとかします。幸い婚約までには至っていないし、対外的にはまだなんの報せも出されていない。今ならまだ間に合います。あなたの選択が人ひとりの幸せを奪うという自覚があるなら、さっさと禄之助から手を引いてください。そのぶん、僕が禄之助を愛します」

反論があるならどうぞ、と清正は驚いたままの御堂雫を威圧する。

――さあ、かかってこい。何を言われても、僕は絶対に譲らないぞ。

清正がそう決意を籠めて唇を引き結ぶと、しかし件の御堂雫は、あろうことか「あははは！」と声を上げて笑い出した。

なんの笑いだ、と清正がさらに視線を強めると、はあ、と息をついて、御堂雫は禄之助のほうを見遣《みや》った。そしてやさしい顔で苦笑して、言った。

「……なぁんだ。こんなに回りくどいことする必要もないくらい、ちゃんと愛されてるじゃない。あなたが本当に愛されたい人に」

「は？」

御堂雫の表情の意味も、言っている意味も、清正にはわからない。思わず禄之助を振り向くと、禄之助はどうしてか泣きそうな顔になっていた。その顔の意味も、清正にはわからない。

わからないことだらけで困惑する清正を置いて、御堂雫が続けた。

「よかったね、禄之助くん。あなたの言ったこと、今なら理解できるわ。こんなにまっすぐな人が相手だと、あなたが別れたいって言うのもわかる。多少面倒にはなるけど、これ以上の駆け引きは無粋《ぶすい》ね」

「……すみません」

ぐすっと鼻をすすって、禄之助が返した。

「はあ、なんか私も彼女に会いたくなってきちゃった」

御堂雫が伝票を摑んで立ち上がる。そのまま清正たちに背を向けたので、清正は慌ててその背中に投げかけた。

「おいっ、話はまだ終わってないぞ」

すると、御堂雫は首だけで振り返り、ひらひらと手を振った。

「禄之助くんのこととなると馬鹿になるって噂、本当だったのね」

「はあ?」

ストレートに侮辱され、清正は目を吊り上げた。だがそれにも動じず、御堂雫は肩をすくめると、言った。

「交際終了はこちらから申し出ます。資金援助の話もご心配なく。これは私の我儘から始まったこと。父には私からきちんと支援するよう言っておくので。それから、……禄之助くん。巻き込んでごめんね。お幸せに」

そして、御堂雫はカフェの代金を支払うと、颯爽《さっそう》と店を出ていった。

「は……?　え?」

状況を理解できず、ぽかんとしている清正に、禄之助が「とりあえず座りなよ」と促した。

「あ、ああ」

御堂雫が座っていた椅子に腰を下ろし、清正は禄之助と向かい合った。拒絶の色が滲んでいたらどうしようかと案じていたが、禄之助から清正を嫌悪している様子は感じられなかった。むしろ、どことなくふわふわしていて、喜色を浮かべている。

「なあ、禄之助、一体これはどういうことなんだ……?」

状況が把握できないまま、気づけば話がまとまって、投資の件も解決しそうな雰囲気だった。禄之助も、もう誰のものでもない。

「ええっと、どこから話せばいいかな……」

珍しく、禄之助が言い淀む。いつもなら自分の思考をまとめて話すのが上手い人間だ。それが迷うということは、禄之助は本当にたくさんのことを今までひとりで抱えていたのだろう。

「どこからでもいい。ゆっくりでいいから、話してくれるか？」

清正は手を伸ばし、テーブルの上に置かれた禄之助の手をそっと握り込んだ。これも、拒絶されない。拒絶するどころか、禄之助はこぶしを開き、清正と手のひらを合わせるように上に向けた。

ぎゅっと手を繋ぎ、禄之助は話し出す。

「……見合いのことだけど、最初から破談にするつもりではいたんだ。ちょっと会うだけで両親に恩返しできるなら、受けてもいいかなって」

清正は「恩返しなんて考えなくていい」と言いかけたが、話の腰を折りそうで、ぐっと堪えた。続きを促すように、禄之助の手を握り返す。

「でも、それは建前。本当はね、俺が見合いを引き受けたら、兄さんがどんな反応をするのかが、見てみたかった」

「それは、どうして……」

つ、と手のひらを指先でくすぐられ、清正はぴくりと身体を跳ねさせた。

「昨日の夜の出来事で、俺の気持ちは伝わってるだろ。あんなことまでして、俺が兄さんの反応を気にする理由なんて、ひとつしかない」

昨夜を思い出させるような熱の籠もった目で見つめられれば、鈍感な清正でもさすがにわかる。

だが、にわかには信じられなかった。

清正の想像どおりなら、あまりに自分にとって都合がよく、幸福が過ぎる。

「本当に？」と思わず訊くと、禄之助は頷いて、それから、見合いから今までの経緯を話しはじめた。

――御堂雫には、もともと恋人がいた。

だが、先ほど話していたとおり、その恋人とは結婚ができない仲だった。というのも、御堂雫の恋人は女性だったからだ。

表向きには公表しておらず、両親もそのことを知らなかった。自分に過度な期待をしている両親は、レズビアンだと打ち明けてもどうせ受け入れてくれないだろう。

両親と世間体のために、一応婚活をしているふりをしておこうと、御堂雫は考えた。

そこへたまたまパーティーで知り合った椿家への資金提供の話が持ち上がった。兄の清正は義弟を溺愛していて女に興味がないと聞いていたため、どうせ断るだろうと見合い話を持ちかけたところ、思いがけず禄之助のほうが手を挙げたというわけだ。

乗り気な姿勢の禄之助に警戒心を持ったが、両親の勧めもあって、一度くらいは見合いを経験しておくかと投げやりな気分で会うことにした。向こうから迫られても断ればいい話だ。

しかし、いざ見合いで禄之助に会ってみると、清正よりも禄之助のほうがよほど条件を満たしていることに気がついた。

兄の代わりに手を挙げたにしては、見合いの席で緊張とは違うピリピリとした空気を纏っていた禄之助を不審に思い、御堂雫はふたりきりになった途端、結婚の意思はないことを伝えた。

すると、禄之助は怒るよりまず、にやりと笑った。そして御堂雫にこう言ったのだ。

「そのほうがこちらとしても助かります」

そこで御堂雫は、「兄の清正がブラコンで、義弟に過剰な愛を注いでいる」という考えを改めた。その一言で、義弟の禄之助のほうがよほど清正に執着しているとわかったからだ。

清正の気持ちを確かめるためだけに自分の身を差し出すという、異常なまでの愛。

お互いに秘密を抱えていると察し、ふたりはそれぞれの事情を打ち明け合った。そしてその後、ふたりは結託し、椿家への資金援助が本決まりになるまでのあいだ、契約恋愛をするという段取りをつけたのだという。デートという名目で食事に行ったりはしたが、わざと御堂雫の両親と鉢合わせしそうな場所を選んで、自分が真っ当に恋愛していると信じさせるためだったらしい。

「でも、それを俺が破ってしまった」

緑之助が言って、ゆるゆると首を振る。

「このあとのことは、兄さんも知ってのとおりだ。二宮さんといるのを見て、嫉妬に狂って、今まで我慢していたのに、兄さんに手を出した」

「チカとは本当になんにもないぞ？」

清正が言うと、緑之助はまた首を横に振りながら言った。

「兄さんはそうでも、向こうもそうとは限らないだろ？　兄さんはこんなにも魅力的で、可愛いんだから」

「可愛いってお前……っ」

繋いでいないほうの手で髪を撫でられ、清正は顔を赤くした。

「……だから、今日は雫さんと別れてもらおうと思って、話しに来た」

「だから……って？」

「誰かに盗られる可能性があるなら、こんな、兄さんの気持ちを試すみたいなことをしてないで、一刻も早く告白しなきゃって思ったんだ」

そこで、緑之助は伏せていた視線を上げ、清正をじっと見つめた。いくら見ても見飽きない、理想の顔だ。改めていい男だな、と清正はどきりとする。

「覚悟するしかないって、思ったんだ」

「覚悟？」

「そう。……兄さんに拒絶されても、諦めないって覚悟。本当は、もっと大人になって、自立してから告白するもりだった。子どものままの俺じゃ、好きだって言っても頼りないし、信用できないだろ」

だけど、と禄之助は続ける。

「それじゃ遅いんだって気づかされた。だから雫さんとはすぐに別れて、まっさらになって、兄さんに俺の本当の気持ちを伝えるつもりだったんだ。……騙してて、ごめん」

ぎゅっと握られた手から禄之助の本気が伝わってくる。

だったら、自分もきちんと本心を話さなければと、清正はその手をさらに強く握り返した。

「僕は、お前が見合い話を引き受けてから、ずっと不安だった。お前が誰かのものになるのが嫌で嫌で仕方がなくて、どうしてだろうって思ってたときに、お前と御堂雫が笑い合ってるのを見て、自分の気持ちに気がついた」

だからもう、禄之助の望みも、自分の望みも、叶っているということだ。

「ねえ、兄さん。俺は期待してもいいの？　もし俺の我儘を聞いてくれているだけなんだ

ったら、後悔してももう遅いよ」

禄之助が窺うようにそう訊いた。

決意の籠もった瞳の中に、ほんの少し不安が混じっているのが見て取れた。それを払ってやりたくて、清正の胸は切なく疼く。

自分がいつまでも気持ちに向き合わなかったから、禄之助はこんなにも不安がっている。もっと早くに禄之助の気持ちに気づいていたのなら、つらい思いなどさせなかったのに。

そして何より、禄之助との時間を無駄にせずに済んだのに、とも思う。

「お前のそれが兄への執着ではないというのなら、僕の気持ちと同じものなんだろうな。僕は、……昨日みたいなことを、禄之助ともっとしたい。禄之助を誰にも触れさせたくないし、僕も禄之助以外に触れられたくない」

清正は、真剣な目でそう言った。これできっと齟齬《そご》なく伝わるだろう。

「兄さん、本当にいいの？」

確かめるように禄之助が訊いた。清正の覚悟を問う目だった。

「いいも悪いも、そうなんだから」

何より大切な禄之助と同じ気持ちなら、引き裂かれる必要はないし、一生一緒にいられる。こんなに嬉しいことはない。

「父さんと母さんを悲しませることになっても？　孫の顔も見せてやれない」

「僕は最初からそのつもりだったし、ふたりとも諦めてると思うぞ。それにもし跡継ぎが欲しいなら、養子でも取ればいい。僕と禄之助のふたりで可愛がるなら、きっといい子に育ってくれる」

「血の繋がってない孫でも？」

それこそ、くだらない質問だ。両親の禄之助への愛情は、きっと本物に違いない。だから、血の繋がりなんて些細なことだと信じられる。

「僕たちの両親だぞ？」

自信たっぷりに清正がそう返すと、禄之助の瞳が煌《きら》めいて、揺れた。瞬きのあいだにすっと涙が頬を流れて、禄之助は苦笑する。

「そうだった。俺たちの両親だもんね」

「会社のほうも、苦境を乗り越えられたら、お前が継いでいいんだぞ。経済学部に入ったのも、僕の真似をしたんじゃなくて、会社を手伝いたかったからだろう？」

禄之助は、進路を迷ってはいなかった。昔からきっと、両親のために経営を勉強することを決めていたのだろう。

それが禄之助のやりたいことなら、背中を押してやるのが清正にできるすべてだ。

「兄さんは跡を継がなくていいの？」

「それこそ冗談だろう？　僕が人前に出るのが大嫌いだって、お前も知ってるだろう。そういうのは、きっとお前のほうが性に合ってる。きっと父さんに似たんだな」

「そうかも」

ふっと笑って、禄之助が立ち上がった。

「誤解も解けたし、もうそろそろ帰ろうか」

「そうだな。御堂雫にはあとで礼を言っておかなければな」

店を出るときに、店員が「お幸せに」と手を振ったのを見て、ここがカフェだったのを思い出して清正は赤面した。客がほとんどいなかったのが唯一の救いだ。

「もうこのカフェには来られないな……」

「そうだね」

顔を見合わせて、笑い合う。

こんなに幸せな日がもう一度訪れるなど、思わなかった。

清正は幸せを噛みしめて、自分たちの家への一歩を踏み出した。


その日、美和子も帰って、両親も寝静まった夜半。

想いを確かめ合ったふたりがすることと言えば、決まっている。

同じ布団に忍び込んだかと思うと、待ち切れなかったと言わんばかりのキスの雨が降ってくる。硬いものがぐいぐいと下腹に押しつけられ、清正もそれに引っ張られるように、いや、禄之助と同じく、それ以上に、食事中も清正はずっとこうすることを望み続けていた。

服の中に火照った大きな手が忍び込んでくる。もう片方の手で後頭部をがっちりと固定され、唾液が顎を伝っても離してはもらえない。

「あっ、ふ……っ、んんっ」

溺れるような息苦しさに、だが清正はその禄之助の必死さが嬉しかった。自分を心から求めてくれているのが、言われなくてもわかる。

乳首を弾かれ、摘まれては捏ねられて、いつの間にか禄之助に開発されていた身体は、それだけで下半身に血を集めていく。

ようやくキスが止んだかと思うと、慣れた手つきで禄之助が清正のズボンの紐を緩め、下着ごと脚から抜き取る。そして甘く勃ち上がったそこを、禄之助の長い指がそっと包んだ。

「……っ」

直截的な刺激に、下腹が引き攣れる。声が洩れそうになり、清正は慌てて下唇を噛んだ。だが、それを禄之助が咎めた。

「血が出ちゃうよ」

手を止めないままそう言って、再びキスで口を開かせようとする。唇と唇の輪郭が隙間なく合わさって、その中を生温い舌が行き来しはじめると、噛みしめるものがなくなった清正の鼻から、禄之助の手つきに合わせて甘ったるい喘ぎが洩れる。

「あ、は……、ン」

「抱いてもいい？」

鼻先を擦り合わせて、禄之助が訊く。清正が頷くのと同時に、性急に上半身も裸に剝かれ、禄之助も惜しみなくその上半身を清正の眼前に晒《さら》し、再びもつれるように布団の上で絡み合う。

ぴちゃぴちゃとキスの音が部屋に響いて、快楽を刺激する。すっかり硬くなった性器を押しつけ合い、禄之助が清正の尻をやわやわと揉みしだく。

「は……、うっ」

亀頭を捏ねられ、親指が裏筋を責め、やがて興奮に息が荒くなってきた頃には、清正の性器はこれ以上ないくらいに硬く反り返って、無意識に腰を禄之助に擦りつけていた。出したい、という欲求が、思考の大部分を埋めていく。

だが、禄之助は清正の願いとは反対に、決定的な追い込みをかけようとはしなかった。たまらず自身に手を伸ばそうとすると、その手を取られ、叱るように唇を甘噛みされた。

「今出したら冷静になっちゃうだろ。まだダメ。最後まで一緒に、ね」

禄之助の言う「最後」が何を示しているのか、思い至って恥ずかしさが加速する。だが、同じだけ期待の入り交じった感情が清正の中で芽生えていたのも事実で、清正は禄之助の身体を強く挟んでいた脚から力を抜き、身を委ねるようにさらに脚を開いてみせた。

清正のその行動に、禄之助の虹彩《こうさい》が興奮に引き絞られた。そしてすぐ、じんわりと広がっていく。

「兄さん、ありがとう」

髪を撫でられ、軽いキスが降ってくる。そしてこのまま次に進んでいくのかと思いきや、禄之助はいったん清正から身体を離すと、「そのまま脚を開いて待ってて」とどこかへ行ってしまった。中途半端に放置された性器が、切なそうに脈を打って揺れる。

触れたい、とうずうず我慢していると、足音がしてすぐに禄之助が戻ってきた。布団の上で大人しく待っていた清正に、よしよし、と子どもに向けるような賛辞が落ちてくる。

何をしに行ってっていたのだと思えば、禄之助の手にはコンドームとローションボトルが握られていて、男同士だと潤滑剤がいることに今さらのように思い至った。

昨日は、潤滑剤が手元になかったため、禄之助が舐めて濡らした。その行為の淫猥《いんわい》さを思い出し、清正は改めて恥ずかしくなる。

だが清正の羞恥もお構いなしに、禄之助は再び清正の脚の間に潜《もぐ》り込むと、ぐいっと清正の腰を膝の上に乗せ、露になった最奥《さいおう》の窪みをぐりぐりと指で揉んだ。

「ん、あ……っ」

たったそれだけでビリビリと身体が痺れて、くんっ、と上を向いた性器がさらに反り返る。

「禄之助」

「清正って呼んでいい？」

唇が微かに触れ合ったまま、禄之助が懇願する。

子どもの頃のように、何も隠さないそのままの禄之助が、必死にただ自分だけを求めている。それが嬉しくないわけがない。

「ろくのす――」

最後の一音は、声にならなかった。呼吸ごと禄之助が清正の唇を奪ったからだ。どろどろに舌を絡めながら、禄之助の太い中指が清正の中へと入っていく。

「ふ、用意周到」

「清正といつかセックスするときのために、ずっと前から用意してた」

「役に立ってよかった……んっ」

「好きな子とのセックスなんて、みんな妄想するだろ」

ははっと笑おうとして、しかしその前に禄之助の指が増やされる。

「ああ……っ、く、」

左右に尻を割り開かれ、少し乱暴に捏ねられる。

二度目だが、まだ慣れず他人に触られる不安感と不快感がある。思わず顔を顰めると、緑之助は口の端を歪めて笑った。

「大丈夫だよ。時間をかけて解せば痛くないから。信じて」

それに、と緑之助が続ける。

「俺が清正を傷つけるわけないだろ」

自嘲が混じっているのを感じ、清正は咄嗟に口を開いた。

「大好きなお兄ちゃん相手だもんな」

軽口がぶつかり、沈みそうになっていた緑之助の表情がわずかに解れた。清正はなるべく不安を表に出さないよう、かつ緑之助を煽《あお》るように呼吸を外へ溶かすことにした。

にゅるりと冷たいジェルの感触が、無防備に開かされたそこへ塗り込められる。その間も緑之助が清正の性器に触れて快楽を脳に送ってくれる。そのおかげか、演技をしなくとも自然と気持ちよさに喘ぎが洩れた。ぐっと指の先が内部に押し入り、襞《ひだ》を伸ばすように抜き差しされる。

「痛くない？」

緑之助が訊いた。違和感はあるものの、痛みはない。それを伝えようと声を出したら、予想以上に湿った声になった。

「ん、いた、くない……」

ごくり、と禄之助の喉が鳴った。余裕のない欲情した顔に、仄暗い悦びが湧く。この顔をもっと見たい、と支配欲に似た感情がせり上がる。

「禄之助の、僕も見たい」

清正の言葉に、禄之助が深く息を吐き、ズボンの前を寛げた。体格に相応しい大きさの怒張が飛び出して、何度も見たことがあるはずなのに、思わず「おっきい」と感想を洩らしてしまった。

「これが兄さんの中に入るんだよ」

淫靡《いんび》な笑みを浮かべて、それを清正の裏筋に擦りつける。ローションの粘りなのか先走りのせいなのか、にちゃっと羞恥を煽る音が響いた。きゅっと無意識に禄之助の指を締めつける。

――昨日、本当にあんなものが自分の中を出入りしていたのか……？

指一本でも窮屈そうなのに、と訝《いぶか》しんでいるのが顔に出ていたらしい。禄之助が「任せて」と二本目の指を中へ押し込んだ。そしてさっきより圧迫感が増したせいで乱れた呼吸を、整えるように禄之助は言った。

「息は止めずにお尻に力を入れて。それで少し楽になるから」

言われたとおり力を入れると、確かに括約筋が緩んで指を受け入れやすくなった。

だが、その代わりやはり排泄のときと感覚が似すぎていて、ひやりとする。

しかしその考えも禄之助の手つきによってすぐに消えることになった。

一本目は馴染ませるようにゆっくりだったのに、二本目からは何かを探るように内部を圧される。萎えないように前を扱かれ、しばらくして違和感しかないと思っていた後ろに、ある変化が訪れた。禄之助がぐりぐりと圧した一点が、じんわりとした痛みや圧迫感とはまた違う感覚をもたらしたのだ。

昨日のあの感覚を、清正は思い出す。

「んっ」と上擦った清正の声に、禄之助が「ここだね」と呟いた。

昨日教えられたばかりだ。そこを責めればとてつもない快感が得られるのだと。その感覚の正体に快感だと名前がついてしまえば、もう感じるのを止められない。

「気持ちよくなってきた？」

禄之助の愛撫に合わせてピクピクと跳ねる身体に、禄之助がにんまりと嬉しそうに笑った。

「二回目なのに、兄さんは敏感で快感を拾うのがうまいね」

ぐりっと前と中を同時に強く擦られ、「んあ……っ」と悲鳴が上がる。容赦なく粘膜を蹂躙され、助けを求めるように清正の爪先が布団を掻いた。

「やだ……っ、そこ、いや！　やめて、ああ……っ」

「そんな顔で言われたらやめられないよ」

発情した雄の顔で禄之助が言い放つ。そしてさらに三本目の指を挿入し、襞を拡げるようにぐちょぐちょと水音を立てながら、的確に清正の弱いところを突いていく。

「あっ、あっ、んっ」

禄之助を煽るだとか、演技をしようだとか、そういうつもりは毛頭ない。だが、女のように脚を開いて、内部を暴かれ、清正は、はしたなく喘いだ。

「も、イキたい……っ」

陰嚢が持ち上がってくるのを感じ、清正は涙目で禄之助に懇願した。だが、禄之助は「まだダメだよ」とぴたりと手を止めてしまった。達し損ねた熱が、下腹部でぐるぐると渦巻いて、出口を探す。

「どうすればいいか、わかるよね」

禄之助が訊いた。

「うっ、ん……」

みっともなく涙目になりながら、清正は自ら腰を上げて尻の肉を割り開いた。

「……っ」

「言って、清正」

四本目の指が、侵入してくる。だが、痛みはない。それどころか、名前を呼ばれて穴がひくつく。

——早く、禄之助とひとつになりたい。

「い、……いれて、禄之助」

その言葉に満足げに頷いて、じゃあコンドームを着けなきゃと、と禄之助がずるりと指を抜いた。もうすっかり蕩け切った穴が、ひくひくと閉じ切らずに開いたままになっているのが自分でもわかった。内壁が外気に触れ、切なく蠕動《ぜんどう》する。

——早く、早くこの切なさを埋めて欲しい。

「……っ、待って」

清正は箱を探す禄之助の手を取り、引き留めた。

「も、いいから。いらない、今すぐ挿れて」

それから抜き合いのときにいつもしていたように四つん這いになり、布団に片手をつくと、もう一方の手で誘うように自ら肉を拓く。

ひどくはしたないことをしている自覚はあった。だがそれ以上に、禄之助の熱が今すぐにでも欲しかった。一秒も待ちたくはない。

ごくりと禄之助が喉を鳴らし、箱を探す手を止めた。

「お腹壊しちゃうから、今日だけだよ」

「あ……っ」

生々しく歯型が残るうなじに再び歯を立てられ、それから待ち望んだ熱塊がぐっと内部に入り込んでくる。めいっぱい拡げられた穴が、恋しがるように禄之助を包む。

「清正、……っ」

腰を打ちつけながら、首筋を舐め、愛しさをぶつけるように禄之助が清正の身体を抱きしめる。

「ん、あ、ああっ」

禄之助に対する罪悪感は、今やもう跡形もない。あるのはむしろ決意と形のはっきりとした愛情だった。なんの後ろ暗さも、戸惑いも、躊躇いもなく、清正も胸の裡に湧いた愛しさを身体で表す。

もう、求めたいだけ禄之助を求めてもいいのだ。

余すところなく触られ、舐められ、何度も中で達《い》かされて、全身が性器になったようにぐずぐずに溶けた頃、うっ、と禄之助も呻いて、飛沫を清正の中に注ぎ入れた。

はあはあとふたりぶんの喘鳴《ぜんめい》が響いて、少しだけ冷静になった清正たちはお互いに顔を見合わせて笑った。

「気持ちよかった?」と禄之助が中に居座ったまま訊いた。その顔にはまだぎらついた欲望が残っていて、もう一度したいというのが見て取れた。

「気持ちよかったよ」

清正が返すと、ふっと微笑んで頬にキスをしたあと、禄之助はずるりと自身を引き抜いた。身体の一部がなくなってしまったような寂しさを感じ、少しだけ心細くなる。

「……残念そうな顔。やっぱり兄さんは思った以上にスケベだよね」

「お前と同じくらいにはな」

からかってきた禄之助に同じように軽口を叩いて、くたくたになった身体を預ける。ちゅ、と唇を啄《ついば》まれ、その甘さにじんわりと面映《おもは》ゆさが湧いてくる。

「兄さん、好きだよ。絶対に俺が幸せにする」

禄之助は覚悟を決めた男の顔で、はっきりとそう口にした。

男同士だから、義兄弟だから。そんな理由など吹き飛ぶくらいの力強さのある、真剣な目で禄之助が清正を見つめる。

「もう迷わないから。誰かに兄さんを――清正を取られるのはもう嫌だ」

「僕だって」

聞き分けのいい義兄のふりはもうやめる。

清正は禄之助にキスをして、まだ硬いままの禄之助の性器に、そっと手を伸ばした。

「もう一回戦、やるだろう？」

ひとまずはしばしの蜜月を、ふたりは楽しむことにした。

エピローグ

御堂雫と別れることになったと禄之助が伝えると、両親は「何かあったの？」と不安げな様子で首を傾げた。

事によっては会社の投資話がなくなるかもしれないと言っているようなもので、そりゃあ不安になるか、と禄之助は納得しつつ説明することにする。

「いえ、やっぱり気が合わなかったというか、結婚まで至るには無理だなと早々に見切りをつけられたというか……」

「まさか、禄之助が振られたの⁉」

母が驚いたように言う。そういうことにしておいたほうが丸く収まるかもしれない。禄之助が曖昧《あいまい》に頷いた途端、両親がむっと顔を顰めた。

「見る目のないお嬢さんだな！」

「こんないい子を振るなんて、あり得ないわ」

神妙な顔をしていた禄之助が残念がっていると勘違いしたのか、励ますように背中を叩かれ、禄之助は苦笑した。

「いや、別に雫さんを好きになっていたわけではないので構わないんですが……。それより、投資の話なんですけど、」

「ああ、そのことなんだが、お前はもう気にしなくていいぞ」

会社の一大事なのになんでもないことのように言われ、禄之助は少しだけ不安になった。会社が傾いたのは国全体の不景気のせいだと思うし、両親の経営手腕をあまり疑いたくはないのだが、根拠のない自信は命取りだ。もし投資をしてもらえなかったら、確実にうちの会社は潰れるだろう。

「いや、投資はしてもらえるようにすると雫さんが約束してくれたので、大丈夫だと思います」

雫とはあのあと何度かやり取りしたが、全面的に雫が悪いということで話を持っていくと言われた。そうなれば投資の話もきっと通してもらえるだろう。

そして恋人とも相談し、両親への偽装はもうやらないと決めたらしい。清正のまっすぐさを見て、考えが変わったのだという。このままのらりくらりとお見合いを断り続け、一生独身を貫くと言っていた。もしくは、法制度が変わったら、結婚という選択肢もありかもしれない、とも。

禄之助と清正はもう家族だから、結婚という形は望まないけれど、そうなったら少しだけ羨ましいなと思う。堂々と自分のパートナーだと見せびらかせるのだから。

「本当か？　それならありがたいが……。でも実はな、私たちもお前に頼ってばかりでいたわけじゃなかったんだぞ。あのあとも粘り強く交渉したら、銀行のほうも融資を考えると言ってくれて、金には多少余裕ができそうなんだ」

「そうだったんですか？」

「それに、新しい取引先も見つかって、会社の利益も回復しそうなのよ」

母もそう言い、近頃輪をかけて忙しそうにしていたふたりを思い出し、禄之助は少しだけ申し訳ない気持ちになった。

両親が働いているあいだ、禄之助と言えば清正のことばかり考えていた。おかげで想いを確かめ合うことはできたが、恋に現《うつつ》を抜かしていた後ろめたさは拭えない。

相手が義兄なら、なおさら。

だが、禄之助はもう後悔はしないと決めている。すうっと息を吸い込んで、禄之助はふたりをまっすぐに見る。

「あの、父さん、母さん。俺、会社の跡を継ぎたいと思ってるんですけど。だから大学を卒業したら、うちの会社で働かせてもらえませんか」

禄之助が言うや否や、母が顔を歪ませて禄之助に抱きついてきた。

「……当たり前じゃないの。禄之助なら大歓迎だわ！」

父も後ろで涙ぐんでいて、禄之助は人生で何度も思ったように、この両親に育てられて本当によかったと、心から思った。

そしてもうひとり。

決着をつけなければならない相手がいる。

「本当に、すみませんでした」

禄之助が頭を下げている相手は、宿敵だと思い込んでいた、二宮央矩だ。

数日前、清正と抱き合っているのを見かけて、理由も聞かずに思いっ切り突き飛ばして怪我をさせてしまった。

「いや、もう治ったし別に大したことじゃないからいいんだけどさ」

近所の喫茶店の特製メロンクリームソーダのアイスをストローでつつきながら、央矩が言う。

「結局、キヨとはうまくいったのか？」

清正によると、禄之助が勘違いしたあのときは、ちょうど禄之助への恋情について央矩に相談していたタイミングだったらしい。それで、どうしようもないことだから他へ目を向けろ、と冗談を交えて慰めてくれていたということだった。

だが、禄之助には多少の不信感が残っていた。

その不信感とは、央矩が清正のことを好きなのではないか、という懸念だ。

我が義兄ながら、清正は眉目秀麗で誰にでもやさしい。ちょっとやさしくされただけで勘違いしてしまう輩《やから》は、昔から多くいた。清正は気づいていないかもしれないが、それを察知するたび、禄之助が虫を払うように追い払ってきたのだ。

だが、央矩だけは仕事相手ということもあり、なかなかにしぶとく、また清正も友人として認めているようだったため、引き剝がすことができずにいた。

もう何年も一緒にいるところを見て、友情以上にはなり得ないと判断したからこそ、ある程度放置していたのだが——。

ここに来てまた疑念が湧いてしまうとは。

しかし、清正から禄之助への恋情を打ち明けられたこともあり、もし仮に央矩が清正を好きだったとしても、その心は砕かれたはずだ。何せ、自分と清正はすでに相思相愛なのだから。

「ええ。おかげ様で。俺の交際もなしになりましたし、これからは兄弟水入らずでのんびり過ごしていきますよ」

牽制も兼ねてそう言い放つと、央矩は少し驚いたように目を瞬かせ、それから笑った。

「はっ、お前、本当に昔から俺のこと嫌いだよな。なんでだろうとは思ってたけど、まさかキヨのことが好きだったとはな。謎が解けてむしろすっきりしたよ」

からかうように言われ、禄之助はむっと眉間にしわを寄せた。

「その件については謝りませんからね」

もう清正が自分のものだとわかっていても、長年保ち続けた央矩への対抗心は簡単には消えてはくれない。いや、この先も消えはしないだろう。だから、つい生意気な言葉が口をつく。

「うん、いいよ。お前なりに必死だったんだろ。キヨを誰かに取られまいと」

しかし央矩は怒るどころか、兄貴然としたやさしい顔で、口角を上げた。それで、そう言えばこの人にも妹がいたな、と思い出す。だから年下の扱《あつか》いには慣れているのかもしれない。

「安心しろよ。いくらキヨが美人だからって、俺の性指向は基本的に女性だから、友人以上の気持ちを抱くことはないからさ」

「生涯そうであるよう祈ります」

「信用ないなあ」

刺々しい禄之助の態度にも、央矩は動じない。何をやっても暖簾《のれん》に腕押しだな、と徒労感を覚えて、禄之助は苦笑した。

ほんの少し空気が和らいだところで、カランカランと背後のベルが音を鳴らした。新しい客が入店してきたらしい。——と思えば、禄之助の背中にどんっと大きな塊《かたまり》がぶつかってくる。

「おい、チカ。いくら僕の弟が可愛いからって、あんまり馴れ馴れしくするんじゃないぞ。絶対にやらないからな」

誰かと思えば、禄之助の最愛の義兄——清正だ。

清正はのしっと禄之助の頭に顎を乗せて、背中からぎゅうぎゅうと抱きしめてくる。

「兄さん、ここ、外だから」

さすがに近所で噂になってはまずい、と禄之助が身を捩《よじ》って離れさせようとすると、清正はしゅんとした顔で大人しく隣に座った。

「ほんと、よく似た兄弟だな」

央矩が呆れたように鼻で笑う。清正はメニューを眺めながら、「そうか?」と首を傾げた。

「僕は禄之助ほど可愛くはないし、男前でもないがな」

「俺も、兄さんほど賢くもやさしくもないよ」

その返答に、央矩は、「そういうところだよ」と深いため息をついた。そして、微笑ましいものを見るように、目元を和らげて、言った。

「まあ、お似合いなんじゃないの? お前らの関係を知ってるのが俺と御堂グループのご令嬢だけってんなら、もし何かあったときは相談には乗るし。友人として、これからもよろしく頼むよ」

「ああ」

清正がほっとしたように頷いて、テーブルの下でそっと禄之助の手を握った。禄之助もそれに応え、清正の手をぎゅっと握り返す。

両親に打ち明けられないこの関係には、不安もたくさん残っている。

だが、少なくとも理解してくれる人は存在するし、何より愛する義兄と一緒なら、もう何も怖くはない。

禄之助は隣にいる清正に微笑んで、自分の人生の巡り合わせに深く深く感謝した。

似た者同士

緑之助《ろくのすけ》には、少し派手なくらいの古典柄の浴衣がよく似合う。

今、緑之助が着ているのは、今年の地元の花火大会は例年よりも豪勢だと聞き、清正《きよまさ》が呉服屋で奮発して買った最高級の浴衣だ。

地は白で、紺と浅黄《あさぎ》の変わり菱《ひし》がびっしりと描かれている。帯はシンプルな黒で、美和子《みわこ》が貝ノ口に結んでやった。

一方の清正は、藍鼠《あいねず》色の無地の浴衣だ。だが、紺色の角帯は緑之助の浴衣と同じ変わり菱模様が入っていて、よく見ればお揃いなのがわかる。

「清正坊ちゃんの帯の結び方は浪人流しにしましょうね」

そっちのほうがイメージにぴったりだ、と美和子が笑いながらぎゅっと帯を締めた。

あっという間に完成し、できましたよとバシッと背中を叩かれ、ぼうっとしていた清正はよろけて前へつんのめった。それを正面にいた緑之助が抱き留《と》め、きっと美和子を睨《にら》む。

「美和子、強く叩きすぎだよ」

「あらまあ、ごめんなさい」

「いや、大丈夫だ」

ぼうっとしていた自分が悪い。謝る美和子に手を振って、清正は緑之助の身体を押し返した。

「なんか様子がおかしいけど、体調でも悪いの、兄さん」

心配そうに禄之助が覗き込んでくる。端整な顔が迫り、清正は思わず顔を背《そむ》けて目を伏せた。

禄之助の容姿がいいのは、今に始まったことではない。昔から天使と見紛《みまが》うほどに可愛《かわい》く、清正も最近までそう思って接してきた。

だが、ここ数日は禄之助を見ると、可愛いよりもかっこいいが先に来て、困る。それこそ、気を抜けば今のようにじっと見つめてしまったり、あるいは赤面しそうになったりするほどに。

自分でもおかしなことを言っているのはわかっているが、どうしようもなく、禄之助が輝いて見えるのだ。だから、目を合わせるのがとても照れくさい。

すべてはあの日、愛を確かめ合ってから。

「兄さん?」

清正の態度を不審に思ったのか、禄之助がこちらに手を伸ばし、首筋に触れた。そのとき、指先が絆創膏《ばんそうこう》を掠《かす》め、引き攣《つ》れた痛みに清正は喘《あえ》いだ。

「ん……っ、馬鹿、痛いだろ」

予想外に甘ったるい声が出て、今度こそ顔を赤くする。

……絶対美和子に聞かれた。

「そういえば清正坊ちゃん、首のところに怪我をされてるようですが、どこかにぶつけたんですか？」

声云々《うんぬん》には触れず、美和子が訊《き》いた。そのことにほっとしながらも、ちらりと禄之助を窺《うかが》うと、手で顔の下を覆ってにやついている。清正は眉間にしわを寄せて禄之助の腕を叩いた。

「……庭の枝に引っ掛けたんだ」

「あら、そうでしたか。今度庭師に切ってもらっておきますね」

「頼む」

「では私はこれでお暇《いとま》します」と美和子が部屋を出ていったのを見届けてから、禄之助が
ふっと意地の悪い顔で言う。

「絆創膏、貼っておいてよかったね」

まったくもってそのとおりだ。

今までにない頻度で噛まれ続けたそこは、おそらく今度こそ消えない傷になる。

今日は美和子に着付けをしてもらうのに、首の噛み痕《あと》を見られでもしたらまずいと、特
大サイズの絆創膏をわざわざ買ってきていた。

浴衣の襟《えり》からは少しはみ出てみっともないけれど、変な想像をされるくらいなら貼って
おいたほうがマシだろう。

「今度からはもっと見えにくいところにしてくれ」

清正が頼むと、禄之助は一瞬驚いた顔になり、それから笑みを深めて、耳元で囁《ささや》いた。

「嚙むのは止めないんだ？」

「……っ、だって、それは、お前がいつも嚙むから、好きなのかと思って……」

初めての射精から、禄之助の嚙み癖は直っていない。きっと自分のせいで禄之助に変な性癖がついてしまったのだと、清正は痛くとも甘んじて受け入れていた。

「……本当にそうだと思う？」

「え？」

ふいに訊かれ、清正は瞠目《どうもく》した。

「本当に俺が好きで嚙んでると思う？」

「違う、のか？」

問い返すと、禄之助は再び清正の首に手を伸ばし、絆創膏の上から嚙み痕をそっとなぞった。

「あ……っ」

「まあ、兄さんに嚙み痕を残すのは気分がいいし、好きだけど」

「やっぱり好きなんじゃないか」

「うん。でもね、兄さん、」

首に触れていた手に、ぐっと力が入った。

「い……った……ぁ」

激痛が走り、清正は顔を歪《ゆが》めた。しかし同時に、ずくんと下腹部が疼《うず》くのがわかる。縋《すが》るような目で禄之助を見つめ、そこで、はっとする。

――自分は今、何を思った？

痛いだけのはずなのに、どうして脳が蕩《とろ》けそうになっているのだろう。身体が火照《ほて》りはじめているのだろう。

狼狽《うろた》える清正を、禄之助が抱きしめて、じっと見つめた。

そして、決定的な一言を口にする。

「噛まれるのは、兄さんも好き、だろ？」

「そんな……」

変態じみた願望を自分が持っているなどと、信じたくはなかった。清正がぶんぶんとかぶりを振ると、禄之助の手が素早く絆創膏を剥《は》いだ。

「あっ」

そしてそのまま直接噛み痕に触れ、ようやく血が止まり赤黒くなりかけていたそこに、容赦なく爪を立てる。

「ぐ、あ、ああ……ッ」

ひどいことをされている。そのはずなのに、清正はその手を振りほどけない。

「禄之助、やめろ……っ」

「やめて欲しいの？　じゃあ、これは何？」

「あ、ン……っ」

禄之助の膝が、脚のあいだに割り入って、清正の性器をぐっと刺激する。そこはもうすっかり勃起していて、禄之助への答えは出たようなものだった。

「兄さん、もうガン勃ちじゃん」

浴衣の裾《すそ》から手を入れ、禄之助の指が下着の中へと忍び込む。

「ちょ、禄之助、花火大会に行くんじゃなかったのか」

「こんなふうになってたら行けないだろ。それとも何？　兄さんは勃起したまま外に出たいの？　俺はそれでも構わないけど」

「それは……っ」

――嫌だ。

浴衣の布は薄く、そそり立つものを隠し切れない。こうなったら収まるのを待つよりも、出してしまったほうが早い。

「禄之助、お願いだ……」

清正は自ら股間を禄之助の手に擦りつけ、陰部を刺激しはじめる。浴衣が着崩れないよう気をつけなければと思いつつも、しかし気持ちよさには抗《あらが》えない。だんだんと動きが激しくなり、禄之助の浴衣の胸をぎゅっと握り込む。

まるで発情した雌犬だ。そうわかっていても、自分を愛しげに見下ろす視線に、羞恥よりも欲情のほうが上回る。

自分はすっかり馬鹿になってしまった。はっきりと想い合っているとわかってから、禄之助を求める気持ちに際限がない。

こんな自分を、禄之助は、はしたないと笑うだろうか。

――いや、そんなことはあり得ない。

それがわかっているからこそ、清正は己の欲望に従順になれるのだ。

「んっ、んっ」

「あーあ。兄さん、せっかくの着付けが台無しになっちゃうよ」

「ご、ごめん……、あとで、なんとかする、から」

謝罪しながらも、清正の腰の動きは止まらない。禄之助のごつごつとした指に裏筋を擦り、唇を求めるように舌を突き出す。だが、禄之助はそれには応えず、興奮の混じった顔で首を傾げた。

「これでわかっただろ？　兄さんは、俺に嚙まれて気持ちよくなってるって。痛いの、本当は好きなんだよね？」

「――ッああ……‼」

再び嚙み痕に爪が食い込み、清正は嬌声《きょうせい》を上げた。

――痛い。でも、……気持ちいい。

「認める、認めるから……っ、ん」

がくがくと壊れたように頷いた清正の唇に、ようやく待ち望んだ生温かさが吸いついた。

そして禄之助の指も動きはじめ、にちゃにちゃと卑猥《ひわい》な水音が下半身から聞こえてくる。

「ねえ、次はどこに痕をつけようか」

指先が、首筋から鎖骨、胸を辿《たど》る。

「う……、ンッ」

清正の乳首は、触ってもいないのに、その存在を主張するようにぷっくりと浴衣を押し上げていた。その先端を禄之助は布越しに挟み込み、コリコリと圧し潰す。

「ここがいいかな。でも、せっかくの綺麗《きれい》な乳首を傷つけるのもな」

「も……、どこでも、いいからぁ……」

先ほどは見えにくいところと言ったが、禄之助につけられるのなら、どこだっていい。首の嚙み痕も、本当は嬉しかった。自分が禄之助のものであるという印のようで。

「じゃあ、左胸にしようか。乳首より少し上辺り」

乳首を弾いてから、ゆっくりと舐《ねぶ》るように指先が移動した。

激しい心臓の鼓動が、禄之助に伝わっているのを感じる。そこは急所だ。信頼した者にしか触れさせない、清正のもっとも弱い部分。

「そこがいい」

清正が頷《うなず》くと、禄之助は慎重に襟元を開いて、清正の肌に牙を立てた。

「い……っ、」

首よりも肌が敏感なのか、その痛みは比べものにならないほど強かった。だが、清正の身体はそれをはっきりと快楽と捉え、気づけば白濁《はくだく》を禄之助の手の中に放っていた。

「——あ……っ、うう……ッ」

「ああ、出ちゃったんだ、清正」

「ひ……っ」

咎《とが》めるように禄之助がもう一度同じ場所を浅く噛む。すると、竿に残っていたらしい残《ざん》滓《し》が、ぴゅくぴゅくと跳ね出た。それは禄之助の手に収まり切らず、下着にいやらしい染みを作った。

「ははっ、すごいね。最高だ」

満足そうに禄之助が笑い、清正の汚れた下着をずり下ろす。

「禄之助も、出すか?」

ちらりと見遣《みや》れば、禄之助も勃起して、浴衣を隆起させていた。もうすっかり着崩れていて、どのみち着直さないといけない。ならばいっそ最後までしてもいい。

――いや、したい。僕がそう望んでいる。禄之助のここで、僕の中を抉《えぐ》って、突いて、ぐちゃぐちゃに掻《か》き回して欲しい。

挿入された感覚を思い出し、出したばかりだというのに、清正のそこはむくりと硬さを取り戻した。

しかし、希望とは反対に、禄之助は首を左右に振った。

「いや、俺はいいよ。今やったら花火に間に合わなくなりそうだし」

「あ……、そうか、そうだよな」

時計を見遣れば、花火開始の時刻まで、あと一時間を切っていた。いきなり現実に引き戻され、清正は自分だけ乱れてしまったことを恥じた。帯は完全に緩んでいて、解けそうになっている。

「着付け、どうしよう」

禄之助のほうは、やり直さなくても整えるだけでなんとかなりそうだが、清正のほうはそうもいかない。

美和子はもう帰ってしまったし、と清正が悩んでいると、禄之助が帯を引っ張り、解いてしまった。はらりと前がはだけ、甘く勃起した性器が晒《さら》される。

「……っ」

咄嗟《とっさ》に隠したものの、見られてしまったようで、禄之助が苦笑した。

「ネットで動画を探せばやり方くらい載ってるし、こうなったのは煽《あお》った俺の責任でもあるから、俺がやるよ」

「……助かる」

「でもその前に、ここを綺麗にしておかないと」

そう言うや否や、禄之助が突然しゃがみ込んだ。そして何をするかと思えば、ぐっしょりと濡れた清正の性器を口に含んだ。

「えっ、禄之助、何を……」

「精液がついたままだと気持ち悪いだろ?」

「だからって、そんな……っ、あっ」

亀頭や竿についたままの精液を舌で丁寧に舐《な》めとり、ついでに管の中に残った残滓をちゅうちゅうと美味しそうに吸い出していく。

「だめ……っ、そんなことされたら、また……っ」

勃起しそうになる。しかしそんな清正の拒絶などお構いなしに、禄之助は口の中で膨らんでいく清正をべろべろと大きな舌で舐めしゃぶった。一度射精して敏感になったそこは、刺激に弱い。感じたこともないほどのもどかしさから逃げる術もなく、清正は内腿をぶるぶると震わせた。

「あっ、ああ、あ——……っ!」

何かが来る。

禄之助の頭を摑み、離そうとしたが、間に合わなかった。いつもとは違う射精の感覚に戸惑っていると、ごくごくと大きな音を立てて禄之助の喉が鳴った。

「え……？」

何が起きたのか、すぐには理解できなかった。だが、気持ちよさにぼんやりとしていた頭に冷静さが戻った途端、出したものの正体に思い至った。

「禄之助、なんてことを……！」

慌《あわ》てて吐かせようとするが、後の祭りだ。

「ごちそう様。初めての潮吹き、どうだった？」

もう飲み切ったと言わんばかりに、口を開け、ぺろりと唇を舌で一周する。

「き、汚いだろう……!?」

「兄さんから出るものに汚いものなんてないよ」

にっこりと微笑み、禄之助は立ち上がった。救急箱を持ってきて、血の滲《にじ》んだ嚙み痕を消毒し、絆創膏を貼って清正の浴衣の前を閉じた。それから「浪人結びだっけ」とスマートフォンで帯の結び方を検索しはじめる。

本人が大丈夫だと言っている以上、清正には何も言えなかった。それに、ごちそう様と言った禄之助の顔は、嫌がるどころかむしろ幸福感に溢《あふ》れていて、その表情を見てしまったら、謝るのもおかしな話だ。居心地の悪さを抱えたまま、清正はされるがまま大人しく禄之助に身を任せた。

動画のおかげでものの数分で帯を結び終え、禄之助が机に置いてあったうちわを手に取って、仕上げとばかりに帯に挿す。

「じゃあ行こうか」

ああ、と頷きかけて、清正は違和感に気づいた。

——下着を穿《は》いていない。

先ほどまで穿いていた下着は、精液に汚れてもう使えない。このままではノーパンだ。

「禄之助、ちょっと待っていてくれ。替えの下着を取ってくる」

かっと恥ずかしさに頬を染めて、清正は箪笥《たんす》に向かう。しかしそれを禄之助の手が止めた。

「穿かなくていいよ。穿いたら段差ができちゃって兄さんの綺麗なお尻のラインが台無しだろ？」

「えっ、でも、スースーして落ち着かないし……」

転んではだけでもしたら、猥褻《わいせつ》なものを見せたとして犯罪者扱《あつか》いされてしまうかもしれない。

手を振りほどいて取りに行こうとするものの、禄之助の手にさらに力が籠《こ》もり、離れない。

「もう時間だ。早く行こう、兄さん」

「……、わかった」

笑みを深めた禄之助から、言いようのない圧を感じる。穿かなくていい、ではなく、穿くな、ということだ。

——まあ、いいか。禄之助がそれを求めるなら、僕は叶えてやりたいし……。

すりっと膝を擦ると、中心にあるものが所在なく縮こまっているのがわかる。

まさか本気で尻のラインがどうこうと言っているわけではないのだろう。

こんな状態を所望するなど、変態的な趣味だなとは思う。だが禄之助がそう望むのならば、仕方がない。

自分は彼の義兄であり、恋人なのだから、相手の要望を叶えるのは関係を良好に保つための最低限の義務だ。

禄之助に手を引かれ、草履《ぞうり》を履《は》いて玄関を出る。外門をくぐってしばらく歩くと、普段この時間は滅多《めった》に人が通らない道に、浴衣を着た人たちが溢れていた。

それを見た途端、下着を穿いていない頼りなさが急に押し寄せてきた。

そわそわとして落ち着かない。心臓がバクバクと音を立てはじめ、息が荒くなる。意識すればするほど、股間に熱が集まってくる。

先ほど達したばかりだというのに、また芯が育ちそうだ。

「ろ、禄之助、やっぱり、僕……」

思わず前屈みになり、清正は禄之助を見上げた。しかし、禄之助はにやついた顔で清正の手を引いて、人混みの中へと入っていく。

「禄之助！」

「どうしたの？　兄さん。早く行かないといい場所取られちゃうよ」

いつもは歩幅を合わせてくれるのに、今日に限って禄之助の歩みは速い。下着に包まれていない性器が、ぶらぶらと心許なく揺れ、浴衣に擦れる。

「……っ」

見られているわけでもないのに、羞恥心が清正の身体の熱を高めていく。

何も穿いていないとばれたらどうしよう。ここで転んで裾が開いてしまったらどうしよう。

そんなこと、滅多に起こるはずもないのに、「もしも」が頭を埋め尽くし、ますます清正の鼓動と呼吸は乱れていく。

そのとき、はしゃいだ声がして、ドンッと後ろから誰かがぶつかってきた。

「いたっ」

慣れない草履のせいで、うまく踏ん張れない。こけそうになったところ、禄之助の腕が咄嗟に清正の肩を支えた。

「大丈夫？」

「あ、ありがとう、禄之助。危うく犯罪者になるところだった……」

「犯罪者？　……ああ」

ノーパンのことだと思い至り、禄之助が笑う。そして歩みを促す素振りで、尻に触れた。

「……っ、こら」

尻と脚の境目を指がなぞる。緊張に、清正の身体は硬くなる。このままでは、おかしな気分になりそうだった。

「やっぱりいいね。布一枚だと段差もできてなくて、綺麗だ」

満足そうに禄之助が頷いて、指を離した。

「え……？」

あっさりと消えた体温に、清正は禄之助を見上げた。

——もう終わりなのか？　絶対にしつこく触ってくると思ったのに。

肩透かしを喰らった気分だ。清正が戸惑っていると、「どうしたの？」と禄之助が目を瞬いて訊いてきた。純粋そうな顔だった。

「あ、いや、なんでもない」

自分だけが不埒《ふらち》なことを考えていたのかと、恥ずかしくなる。

確かにこんな人通りの多いところでセクハラめいたことをすれば、大問題だ。だが、禄之助のことだから、人目をぎりぎり避けて、いやらしいことを仕掛けてくる。そのために清正の下着を奪ったのだと思っていた。

――これじゃ、無駄にドキドキしていた自分が馬鹿みたいだ。

禄之助は本当に、綺麗さを追求していただけなのかもしれない。それなのに疑って、変態的なことを要求されたと誤解した。自分はなんて愚かなのだ。

清正は小さくため息をつくと、禄之助に遅れないように歩みを速めた。

そのとき、ふっと禄之助が笑った気配がして、清正はぱっと隣に目を遣った。しかし美しい横顔はずっと先にある屋台を見つめていて、「あっ、りんご飴ある」などと呟《つぶや》いている。どうやら気のせいだったようだ。

「りんご飴もいいが、夕飯もまだだから、先にたこ焼きが食べたい」

気持ちを切り替えるように清正がそう言うと、「じゃあそうしよう」と禄之助が再び手を取って引っ張った。

「あー、男同士で手ぇ繋いでる」

近くを通る子どもがからかうのが聞こえた。それに怯《ひる》んで手を離そうとしたけれど、禄之助がさらに力強く、手を握った。そのことに、ほっとする。

「はぐれたらいけないしな」

「繋ぎたくて繋いでる」

言い訳のように清正が言ったのを、禄之助が即座に否定した。少し拗《す》ねた声に、清正も

ぎゅっと手を握り返した。

「そうだな。繋ぎたいから繋いでるんだ」

大っぴらにできる関係ではない。だが、今日このときだけでも、他人の中に混じって、恋人であることを主張したい。この人類史上最高の男が自分のものだと、自慢したい。今までも、禄之助のことは散々自慢して生きてきた。出来のいい可愛い義弟だと。しかしそれとは種類の違う、敵対心の混じったねっとりとした感情が、外に出たがって暴れている。

きっと禄之助もそうなのだろう。だから手を離さない。

同じ気持ちであることが、嬉しい。

——ああ、これが恋なんだな。両想いというのは、厄介で、かくも素晴らしいものなのか。

義弟としてではなく、ひとりの男として、禄之助を見ている。だからこんなにも禄之助が眩《まぶ》しく見えるし、胸が高鳴る。身体だって、禄之助を求めて切なく疼く。

よろけたふりをして、清正は禄之助の腕にぴたりと身体を寄せた。

「兄さん?」

「ごめん、寄ってないと邪魔になりそうだから、このままで」

人混みの中を、寄り添うように歩いていく。暑さの残る八月の夜なのに、禄之助の肌が恋しい。

「はあ……」

一歩一歩踏み出すたび、忘れようとした開放的な下半身が、熱を持つ。

会場の河川敷までは、もう少しだ。立ち並ぶ屋台など、もうどうだっていい。ただ禄之助とこうしていられれば、何もいらない。

「……屋台はあとでもいいか」

ふいに禄之助が呟いて、繋いでいるのとは反対の手で、突然清正の乳首を摘《つま》んだ。

「んっ」

いきなりのことに、無防備な喘ぎ声が洩《も》れる。前を歩いていた人が、振り向いてちらりと清正を見た。

あられもない声を聞かれてしまった。

どうしてこんなことをしたんだと禄之助を睨むが、にやりといやらしい笑みを浮かべた禄之助は、清正に顔を近づけると、吐息を含んだ声で言った。

「浴衣の上からでもわかるくらい乳首をおっ立てて、何考えてたの、兄さん」

「……っ、何も」

「本当に?」

言われて気づく。知らないあいだに、清正の乳首は立ち上がり、浴衣を押し上げていた。そしてあろうことか、下半身もむくむくと育ちはじめている。ダメだダメだと思うほど、血の巡りは速くなり、ぞくぞくと背筋を快楽に似た何かが駆け抜けていく。

「どう、しよう……」

こんなところで勃起してしまったらと思うと、恐怖でしかないはずだ。それなのに、気持ちとは反対に、興奮に息が上がっていく。

「何も穿いてないの、気持ちよくなっちゃった?」

これ以上刺激して欲しくないのに、禄之助が追い込むように耳の穴に息を吹きかける。

「あ……、ン」

声が洩れないよう口を手で覆うが、不自然なその動きによって、ますます周りから浮くような気がする。

「禄之助……、助けて」

――お前が僕をこんなふうにしたんだから。

そう懇願すると、嬉しそうに笑って、禄之助は頷いた。

＊＊＊

義兄弟という関係に、恋人という関係がプラスされてから、まだ数日しか経っていないというのに、もう何回も身体を重ねた。

これまで抑圧していたものを抑えなくなっていいとわかった途端、禄之助も清正も随分《ずいぶん》と開放的になったものだ。

昔から清正との距離は近かったが、恋人になってみて新たにわかったことがいくつかある。

ひとつ目は、清正が案外スケベなことだ。

前までは禄之助を諫《いさ》めたり、仕方がなく流されているような態度を取っていたりした。だが今はむしろ清正のほうが積極的に身体を開く。

昨夜もそうだ。互いにムラムラして、一緒に風呂に入りながら丁寧に中を解していると、先に我慢ができなくなったのは清正だった。

なるべく傷つけたくないからと禄之助がストップをかけるのも聞かず、自ら尻の肉を割り開いて、禄之助の硬い雄を赤く蠢《うごめ》く蕾《つぼみ》でずぶずぶと呑《の》み込んでいった。心なしか清正の肉襞も、以前より禄之助を締めつける圧が強くなった気がする。

「禄之助、口も塞いでくれ」

そう可愛らしく淫らにキスをねだり、上も下も繋がるのが特に気に入ったようだ。少し苦しそうに眉根を寄せつつも、その目は恍惚《こうこつ》に濡れていた。

そしてもうひとつが、先ほどのキスの件にも関わるが、被虐《ひぎゃく》趣味があることだ。前々から、禄之助が噛み痕を残すのを、清正は厭《いと》うていなかった。むしろ時折噛み痕を撫で、ふっと笑っていたこともあったくらいだ。

その頃からもしかして、とは思っていたが、今日のことで確信に変わった。

清正は存外、ひどくされるのが好きだ。新しい噛み痕をつけたときもそうだが、人前に出るのに下着を奪ったときもそうだった。

禄之助が言うから、と自分に言い訳しながら、ちゃっかりその状況を楽しんでいるのだ、清正は。でなければ今、こんな顔で禄之助に縋ったりはしない。

「禄之助、……助けて」

恋人に発情した目で見上げられ、断る男がどこにいるだろう。

禄之助は頷くと、歩きにくそうな清正を連れて、来た道を引き返し、家の裏手にある高台の公園へ向かった。

公園といっても、遊具などとうに撤去され、あるのはベンチだけの手入れもされていない侘《わび》しい場所だ。

そこへ行くには草木の生い茂る小道を通らなければならず、夜は人など滅多に来ない。虫や獣も多いため、禄之助もなるべくなら来たくはない場所だった。

だからこそ、穴場でもあった。

荒い息をつきながらそこへ到着すると、案の定誰もおらず、辺りは虫の声で埋め尽くされていた。遠くのほうで、祭り囃子《ばやし》が鳴っているのが聞こえる。その温度差に、ここだけ切り取られてふたりきりになった感覚がした。

切れかけの電灯から少し離れた公園の隅で、禄之助は清正の浴衣の裾を割り開いて持ち上げた。中からはすっかり勃ち上がったピンク色の性器が飛び出してくる。

「あ……、やだ……」

「裾、自分で持ってて」

清正の手に浴衣を握らせ、禄之助は清正の前にしゃがんだ。そして目の前で揺れるそれを口に含む。

「あ、ああ……っ」

つい先ほど潮まで吹いたのに、清正には物足りなかったようだ。口の中でさらに硬度を増し、先走りが滲み出てくる。

「禄之助っ、ダメだ、こんな、外でなんて……」

「誰も来ないよ、こんなところ。でも、声は抑えてね」

ダメだと言いつつ、頭を動かす禄之助を、清正は止めようともしない。やはり被虐趣味があるようだ。上目遣いで見上げると、清正は蕩けた目で禄之助を見下ろしていた。声が出ないようにと唇を噛んでいるが、それも緩く、微かに喘ぎ声が聞こえてくる。

──よかった。悦んでるみたい。

本気で清正が嫌がるのなら、こんなことはしない。

清正は自分のものだと全世界に見せつけたいとは思っているが、リスクを背負ってまですることではないとも禄之助は思っている。自分たちだけが知っていればそれでいい、と。

しかし、清正は多分違う。

義兄である以上、秘密にしなければと表面上は思っているようだが、この人は昔から禄之助を自慢したくて仕方がない人だ。恋人になったからといって、それが収まるとは思えなかった。

だったら、禄之助はその欲求を満たしてやりたい。

だから、人に見られるかもしれないというギリギリを攻めて、清正を困らせた。まあ、実際は困らせたのではなく、最終的にこうして悦ばせているわけだが。

「禄之助、もう……」

清正の内腿が震えて、陰嚢《いんのう》がきゅんと持ち上がった。そろそろ限界なのだろう。だが、まだ終わらせるつもりはない。今日禄之助は一度も出していないのだ。せっかくなら、清正の中にすべてを注ぎたい。

　口と手を止め、幹の根元をぎゅっと摑んで締める。

「あっ、なんで……」

「まだダメ。っていうか、兄さん、俺も勃っちゃったんだけど、どうすればいいと思う？　さっきは我慢したから、今度こそ出さないと収まりつきそうもなくて」

　立ち上がり、禄之助は下着と浴衣を持ち上げる自身を、清正の太腿に擦りつけた。あられもない義兄の姿を見て、自分もまた興奮していた。先走りがとろとろと溢れ、下着を濡らしているのがわかる。このままでは浴衣にも染みを作ってしまいそうだ。

　清正が、きょろきょろと視線を動かす。そして恐る恐るといったふうに、自分の指を舐めしゃぶりはじめる。何をしているのだと思えば、その指を自分の後ろに持っていった。

「あ、ん……、ああっ」

　ぬちょりと水音がする。それはだんだんと激しくなり、音に合わせて清正の顔も蕩けていく。

「自分で解してるの？　俺のこれ、挿《い》れて欲しくなった？」

「ん……」

　良識的な義兄のことだから、さすがに今回は止められるかもという危惧《きぐ》はあった。だが、それも杞憂《きゆう》だったようだ。

清正は禄之助が思うより、ずっと欲望に忠実で、エロティックだ。

禄之助が締めた清正の性器が、欲望の出口を探してびくびくと脈打っている。それを手のひらに感じるたび、禄之助の自制も剝がれていく。

「清正、もう挿れたい」

名前を呼ぶと、清正は壊れた人形のようにかくかくと頷き、後ろを向いた。そして解れた穴を広げてみせ、唇だけで「早く」と急かす。

「本当に、清正は煽るのがうまいな……っ」

たまらず、禄之助は硬くそそり立つ性器を引きずり出すと、いやらしく蠢く清正の蕾に突き立てた。温かなそこは、禄之助を締めつけて、きゅうきゅうと蠕動《ぜんどう》している。

「あああ……っ！」

声を抑えるのも忘れて、清正が啼《な》く。

「静かにしないと、誰かに聞かれちゃうよ。……それとも、俺たちが繋がってるところを見て欲しいのかな？　兄さんは」

「……っんん」

煽る禄之助に、清正の締めつけが強くなる。

恋人になる前、美和子に見つかるかも、という状況では泣いて拒まれたけれど、今回はどうやらこの状況もただのスパイスにしかなり得ないようだ。

パンパンと肉をぶつけて、必死に声を我慢する清正を追い込んでいく。内壁を抉り、清正の好きなところを容赦なく突く。

「ん、ふ……、ううっ、あっ、ああ……っ」

我慢できずに、とうとう清正の声が洩れはじめた。声を出すたび、肉輪が引き絞られて、禄之助も持っていかれそうになる。

そろそろ、清正もつらいだろう。それに、本当に誰かに見つかりでもしたら、困る。

そう思って、禄之助はぐっと清正の身体を抱き寄せると、絆創膏で覆われた首の噛み痕に歯を立てた。と、同時に摑んでいた清正の性器を解放する。

「いっ、あ、あ、ああ……っ」

一際高い声が上がった。ぷしぷしと精液が噴出し、足元の草葉を清正の白濁が濡らしていく。

がくがくと震える清正に引きずられ、禄之助もぐっと奥歯を嚙みしめた。なおさら深く清正を穿《うが》ち、その最奥《さいおう》目がけて白濁を注ぎ込む。

「く……っ」

そのとき、ドンッと大きな音がして、真っ暗な夜空に大輪の光の花が咲いた。

「あ……」

繋がったまま、ふたり揃って空を見上げた。花火の明るさがすべてを照らし出している。

射精の余韻に浸っている清正の顔も、剝き出しの下半身も、何もかも。

互いに冷静さを取り戻し、顔を見合わせると、ふはっと吹き出した。

「やばいことしちゃったね」

「ハラハラしたな」

ずるりと結合を解き、竿についた残滓をハンカチで拭《ぬぐ》ってから身なりを整える。清正のほうは、禄之助が注ぎ入れたせいで、どろどろだ。家に帰ったあとで処理をしなければ。

それでもなんとか浴衣を整えて、帰ろうとしたところで、清正が引き留めた。

「せっかくだから、ここで花火を見ていこう」

「……そうだね」

ぼろぼろのベンチに腰掛け、禄之助は甘えるように清正の肩に頭をあずけた。

「疲れたのか？」

「ううん。くっついていたいだけ」

色とりどりの花火が、弾けてはハラハラと散っていく。清正がうちわで禄之助に風を送った。

「久しぶりだな。こうしてふたりで花火を見るのも」

「去年は俺がバイトだったし、一昨年は兄さんが真夏のインフルエンザだった」

「その前の年はお前の大学受験だったな。だから四年ぶりか」

そのときは浴衣を作り直すのが面倒で、Tシャツ姿だった。こんなにいいものなら、早く浴衣を作っておけばよかった。

「たこ焼き、食べ損なったな」

「来年また行けばいいよ。それか、明日美和子に作ってもらおう」

「りんご飴もな」

「それはさすがに無理だって怒られるんじゃない？」

「確かに」

ふふっと笑った振動が、肩を通して伝わってくる。先ほどまであんなに激しく求め合っていたのに、穏やかな気持ちが胸を満たす。

いたずらするように、禄之助は清正の浴衣の合わせ目から手を入れ、乳首に触れた。

「赤ちゃんみたいだな」

いやらしさのない手つきに、くすぐったそうに清正が身を捩《よじ》る。

「懐かしいでしょ」

「僕がお前をあやしてたからな。乳首が好きなのはあの頃から変わってない」

「死ぬまできっと好きだよ」

一際大きな花火が打ち上がる。左胸の嚙み痕を撫でてから、禄之助は身体を起こした。

再び繫がりを求めて、清正の手を握る。

「僕も、きっと死ぬまで好きだ。お前を甘やかすのは僕だけでいい」

清正が言った。

「うん」

柳の花火が、いくつも綺麗な弧を描いて、地面ぎりぎりまで落ちていく。

「綺麗だね」

「ああ」

来年もきっと、清正とここへ来るのだろう。そんな予感がした。

花火は止むことを知らず、街はまるで昼間のように明るく煌《きら》めいている。

清正と恋人になって初めての夏は、そうして過ぎていった。

あとがき

はじめましての方ははじめまして、お久しぶりな方はお久しぶりです、寺崎昴です。

このたびは拙作をお手に取っていただきありがとうございます。

今回は義兄弟ということで、はたから見たら砂糖を吐きそうなくらいラブラブなブラコン兄弟を書かせていただきましたが、いかがだったでしょうか。

今回の話を完成させるにあたって、担当S様とキャラの性格や行動指針について電話でバチバチにお話させていただいたのですが、最終的に「清正は禄之助のために人殺しができるかと言われたらちょっとためらうけど、禄之助は清正のためならためらわず人を殺すよね」ということで落ち着きました（そんな物騒な小説ではないのですがいつの間にかそんな話に……）。

とにもかくにも、ハッピーな溺愛カップルになったと思いますので、楽しんでいただけたら幸いです。

そして、イラストを担当してくださった八千代ハル先生におかれましては、美しくてかっこいいふたりを描いていただいて本当に感無量です！　特に清正は絶妙なラインで男性っぽさを出していただいて大変興奮いたしました！　まさに理想の清正です。ありがとうございました。

最後に、出版の機会を与えてくださった編集部様（担当S様）、この本に関わってくださったすべての方々、まだまだ大変な世情の中尽力していただき、ありがとうございました。

そして支えてくれた家族と、たまに飲み会やゲームに付き合ってくれた親友たちには特別の感謝を。

読んでくださったあなたには最大級の感謝と尊敬と祝福を。

お手紙などで感想をいただけると光栄です。

ではまたどこかで。

本作品は書き下ろしです

寺崎昴先生、八千代ハル先生へのお便り、
本作品に関するご意見、ご感想などは
〒101-8405
東京都千代田区神田三崎町2-18-11
二見書房　シャレード文庫
「愛と呼ぶには好きすぎる」係まで。

CHARADE BUNKO

愛《あい》と呼《よ》ぶには好《す》きすぎる

2022年12月20日　初版発行

【著者】寺崎《てらさき》 昴《すばる》

【発行所】株式会社二見書房
東京都千代田区神田三崎町2-18-11
電話　03(3515)2311[営業]
　　　03(3515)2314[編集]
振替　00170-4-2639
【印刷】株式会社 堀内印刷所
【製本】株式会社 村上製本所

落丁・乱丁本はお取り替えいたします。
定価は、カバーに表示してあります。

ISBN978-4-576-22175-5

https://charade.futami.co.jp/